最美的词，最才的女

宋代女词人的词与情

兰泊宁◎著

天津出版传媒集团
天津人民出版社

图书在版编目（CIP）数据

最美的词，最才的女 : 宋代女词人的词与情 / 兰泊宁著. -- 天津 : 天津人民出版社，2018.3
ISBN 978-7-201-12936-5

Ⅰ. ①最… Ⅱ. ①兰… Ⅲ. ①散文集－中国－当代
Ⅳ. ①I267

中国版本图书馆CIP数据核字（2018）第030955号

最美的词，最才的女：宋代女词人的词与情
ZUIMEI DE CI，ZUICAI DE NÜ：SONGDAI NÜCIREN DE CIYUQING
兰泊宁 著

出　　版　天津人民出版社
出 版 人　黄　沛
出　　址　天津市和平区西康路35号康岳大厦
邮政编码　300051
邮购电话　（022）23332469
网　　址　http://www.tjrmcbs.com
电子邮箱　tjrmcbs@126.com

责任编辑　王昊静
策划编辑　村　上　夏菁霞
装帧设计　刘红刚

印　　刷　大厂回族自治县彩虹印刷有限公司
经　　销　新华书店
开　　本　880×1230毫米　1/32
印　　张　7.5
字　　数　150千字
版次印次　2018年3月第1版　2018年3月第1次印刷
定　　价　42.00元

序言

爱如同花朵，只要给予阳光雨露，定能纷呈精彩绽放惊艳。于是，大宋明媚的阳光中，便有了李清照的一剪梅。一叶兰舟轻渡，赌书泼茶和着红藕深处的欢乐，响彻再响彻。一首弹断了千年的声声慢泊在水里，三更细雨知她的焦虑越陷越深。清照双鬓如雪，萧萧华发无法抵消一纸凄凉，如梦令伴着孤雁在往昔歌唱，晓风疏雨，又催下了簌簌千行泪。

那惊鸿一瞥的绝美相遇，生出无尽爱慕，虽然深知那是一段无果姻缘，却难抵那柔情似水。爱得彻底而决绝，朱淑真写下了千古断肠词，灯火阑珊夜，她敢于为爱赴汤蹈火。

张玉娘在将婚而逝的惨痛中，袖染啼红，但是她挺住了。她的文字承载了所有的不幸，她的文字也支撑起了她的一切，她没有倒下，完全是因为她拥有文字。当岁月流逝到尽头，当她微笑着安然地合上眼睑，她是绝美的胜出者。

其实，吴淑姬在簪断簪合中，便品透了人生这杯茶，于苦涩与清香里大彻大悟，看淡了缘起缘灭的命运，在谢了荼蘼春事休的叹息中，舒缓了杂乱愁苦的心境。

而对于魏夫人，当她从离情别绪到幽愁暗恨，她的心语却是：

我恨你，我忆你，你争知？到底是不如杨妹子那份开到寒梢独可爱的潇洒。

一抹残阳映红了历史，翻开枯黄的记忆，缓缓打开一幅痴爱成离殇的江南烟雨水墨画。唐婉凄婉一生，那一首钗头凤，写下的是千古绝唱沈园情。而被情所困的驿卒女，亦只能在一枕凄凉眠不得中凄婉。

虽然才华如江水浩浩，奈何，戴复古妻此身已轻许。惜多才，怜薄命，痴情是一朵朵浪花，翻腾成苦海，令多少人垂泪湿夜色，令多少人掩卷叹息，一种疼惜和遗憾，油然升起，柔肠千转却无从说起。

被掳才女徐君宝妻的断魂绝笔词，钗分鉴破的悲剧，将她的深情分付与了西风，此夜凉意惊梦，悲聚散。坚贞风尘女严蕊，别有倾城第一花，传为古今佳话。

多情聂胜琼寻好梦，梦虽难成梦终成，只是有人知了她此时情。陈妙常思凡，强将津唾咽凡心，怎奈凡心转盛，道出的是人性真实。

大宋女词人们在文字中乐游，琴操飘飘若仙，谭意歌消尽寒冰得善终，李紫竹也在百日唤真真之后，美梦成真。

百种怨和情，百转柔肠，百味伤心透。历经繁华之后，大宋女词人在冷静地审视着：爱与情，神奇绚烂如同夜月一帘幽梦，缠绵悱恻恰似春风十里柔情。她们将那份滴着血的心思落进浓墨里，溶进生命里，直至升华成最深的情感，书于一方纸上，流芳百世，载进史册。

帐对诗笺，此情郁郁深愁后，月下香浮袖。吹起相思，红颜叹，醉花叹，一夜庭风，一枕清寒透。她们隐于绮丽的诗句之间和泛黄的典故背后，千年之后，隔着绝美玲珑的文字，她们的爱和词，始终让人沉醉，让人痴迷。

目录
CONTENTS

辑一 天上阳春日，人间漱玉声

吹箫人去玉楼空，伤心与谁同倚：李清照

灯火阑珊夜，我为爱赴汤蹈火：朱淑真

将婚而逝，中途永绝染啼红：张玉娘

簪合而嫁，修身如玉不将就：吴淑姬

辑二

钗头遗旧梦，幽词寄三生

天上阳春日，人间漱玉声

辑一

吹箫人去玉楼空，伤心与谁同倚：李清照

一首弹断了千年的声声慢泊在水里，而青梅黄菊依然，一叶兰舟轻渡，赌书泼茶和着红藕深处的欢乐，响彻再响彻。阳关唱到千千遍，潇潇微雨闻孤馆。独抱浓愁无好梦，夜阑犹剪灯花弄。我多想，给你一把檀木梳子，梳去你三千丈的烦恼。三更细雨，知你的焦虑越陷越深，如汪洋肆虐。黄昏到，你的双鬓如雪，萧萧华发无法抵消一纸凄凉。

初长成——应是绿肥红瘦

李清照，号易安居士，一位才华横溢的旷世才女，一朵傲立文坛千载的绝世奇葩。后人这样评价她：“易安在宋诸媛中，自卓然一家，不在秦七、黄九之下。词无一首不工，其炼处可夺梦窗之席，其丽处真参片玉之班。盖不徒俯视巾帼，直欲压倒须眉。”是的，她是横绝一时独一无二的，是中国文学史上一等一的女才子，被誉为“词家一大宗”。

李清照的父亲李格非也是一位大才子，与廖正一、李禧、董荣一起游学于苏轼门下，与其他三人并称为“苏门后四学士”。李清照的母亲王氏也是名门之后，其祖父是汉国公王准，父亲是岐国公王珪，王珪曾任宰相。祖父曾中状元，很有文学修养。

这样的出身给李清照带来了广阔的视野和高贵的气质，家中长辈的濡染、文学艺术的熏陶，又使她形成了高超的审美趣味，这让她对生活的体察也有着超乎常人的敏感和细致。

北宋时期的女子教育，有一套潜规则，女子识字只要求能熟读《内则》《曲礼》等，其他史书、诗文杂说类等能迁移性情之作不在阅读允许范围内。甚至越是家教严明的家庭，对女子读书的限制越严格。

苏轼崇尚自然，个性率真，反对束缚人性的理学教条。苏门学子的文艺创作，也秉承了苏轼的审美理念，多是出于真性情，超脱世俗之外。身为“苏门后四学士”之一的李格非，元祐年间曾受知于苏轼，诗文皆工，著作颇丰，其文学风格、处世态度以及家教观念都深受苏轼影响。他在《破墨癖说》一文中云：“世之人不考其实用，而眩于虚名者多矣。此天下寒弱祸败之所由兆也。”借斥藏墨之好批判世人不求实用只图虚名的风气，其风度气质由此可见一斑。故而，李格非为李清照提供的是一个宽松自然的家庭环境，不苛求规矩条框，不限制读书识文，使李清照的身心得到了自由、健全的发展。

因此，李清照自幼就接受了良好的教育，书法、绘画、琴艺样样精通。她读书涉猎甚广，如《李清照新传》所说，从她在诗词文中所引用的典籍来看，她对于《周易》《礼记》《尚书》《论语》等儒家经典，《左传》《史记》《汉书》《资治通鉴》等历史典籍，《诗经》《楚辞》《文选》以及唐人散文等前代文学，《淮南子》《吕氏春秋》《世说新语》《酉阳杂俎》等子部小说，以及《老子》《庄子》《景德传灯录》等道藏佛典，均十分熟悉。正如《女性词史》云：李清照所受的教育，是一种全面的“人”的教育，而不是狭隘的“女人”教育。

况且，与同时代男人所受的教育相比，李清照读书又少了一份功利性。她没有光耀门楣的压力，没有科举功名的逼迫，全凭借自己的兴趣，肆意发展。所以在其他人为功名寒窗苦读的时候，她可以逍遥自在地做着让自己人生更完整的事情。比如：

常记溪亭日暮，沉醉不知归路。兴尽晚回舟，误入藕花深处。争渡，争渡，惊起一滩鸥鹭。

——《如梦令》

时光穿越到宋朝，一个少女划着轻舟，在重重叠叠的荷叶与莲花间轻盈而来。少女的欢笑声在千年前的天空飘荡，而西天斜阳将一抹胭脂红抹到了那如花般的少女面颊上。

这简直就是一幅浑然天成的水墨画。

这样流淌着欢乐的文字，仿佛就是摇曳生姿的欢快舞蹈。据说少女李清照的这些闺中词流传出去后，被世人争相传阅。

湖上风来波浩渺，秋已暮、红稀香少。水光山色与人亲，说不尽、无穷好。

莲子已成荷叶老，清露洗、蘋花汀草。眠沙鸥鹭不回头，似也恨、人归早。

——《怨王孙》

“湖上风来波浩渺，秋已暮、红稀香少。”湖水浩渺无际，水上芙蓉红花都已凋零。自古逢秋悲寂寥，但在少女李清照的眼里，“水光山色与人亲，说不尽、无穷好”，尽管秋暮红稀，但这湖光山色洋溢着说不出的亲切和美好。她不说自己面对湖光山色感到亲切，反说水光山色与人亲近，正如李白说：“相看两不厌，只有敬亭山。”而最后一句颇有些天真奇趣：“眠沙鸥鹭不回头，似也恨、人归早。”这些鸥鹭是少女的好朋友，因为她马上要回家了，就很生气，都头也不回地飞走。这种孩子般的稚气奇想，让人忍俊不禁，百般怜爱。这首小词笔致清妍，宛如一幅湖上秋色图。这样的秋日景象是美好的。这样的秋天，是少女的秋天，是美丽人生的开始。

淡荡春光寒食天，玉炉沉水袅残烟，梦回山枕隐花钿。

海燕未来人斗草，江梅已过柳生绵，黄昏疏雨湿秋千。

——《浣溪沙》

那个在晨露中追逐蝴蝶的女子，她风姿绰约的身影消失在疏雨黄昏的秋千上。很多年以后，当繁华落尽，物是人非，她是否会面对着散发着古旧气息的秋千，想到曾经有过的那一段“黄昏疏雨湿秋千”的美好时光。

李格非经常自豪地对妻子感叹说：“我们的清照若是个男

子，登科取第，定像探囊取物般容易！”

李格非离开家乡去汴梁做官的时候，李清照也随父亲去了都城。春天，整个汴梁被盛开的艳丽花朵装点着，庭院的楼台、沿街的窗扉皆被鲜花环绕。年幼的李清照就生活在这样一个如花的城市里。优雅的生活环境，繁华的京都景象，激发了李清照的创作热情，她开始在文坛崭露头角。也就是在这时，她写出了为后世广为传诵的词篇《如梦令》：

昨夜雨疏风骤，浓睡不消残酒。试问卷帘人，却道海棠依旧。知否？知否？应是绿肥红瘦。

此词一问世，便轰动了整个京师，“当时文士莫不击节称赏，未有能道之者”。

一首小令，短短六句，如何曲折？且看起拍，一疏狂，一急骤，可知昨宵风雨之恶。敏感而多情的青春期少女，内心深处有着一份别样的寂寞与感伤。海棠花有“女儿棠”的美称，像极了娇慵美艳的少女。浓睡之后，酒意仍未消，心中却仍牵挂，醒来便急忙询问。借侍女的答话透露“海棠依旧”。问得急切，答得淡然，两下里对花的感情深浅立见。这个时候的李清照一定正处在那个骚动不安的年龄，正陷入一种说不清、道不明的迷茫和怅惘之中。她会忽而欢笑，忽而忧伤，忽而莫名地叹息，忽而叽叽喳喳说个不停，忽而又沉默不语，静若处子。那些时光流转的细枝末节，那些人们时常忽略的地方，总是能牵惹少女内心的潮起潮落。就像那后花园里的雨疏风骤，海棠花的绿肥红瘦，总能让这位纤弱清瘦的少女心思婉转，多情牵挂。

“昨夜三更雨，临明一阵寒。海棠花在否，侧卧卷帘看。”这是韩偓在《懒起》中对落花的关切。然而如题所言，他仍懒懒地、舒适地侧卧在床上，只是卷帘一望而已，仪态慵闲从容。与许多以红颜女子口吻写春愁秋感闺怨词的男性词人不同，李清照的词是从自身的女性生命体验出发，因而显得真实、细腻而深刻。在女性词人的作品里读不到那些男性词人假托的矫情和男性视角的赏玩态度，有的只是对生命情感与渴望的真实书写和对自身命运体验的从容思考。所以，少女的惜花之情直接与她对自身未来命运的关切联系在一起，那是一种莫名的寂寞与忧伤，指向生命最终的依归。那花就宛然是女人生命的一个隐喻，摇曳在红尘中，随风轻轻摆动，经历着一样风雨和悲欢。

“知否？知否？应是绿肥红瘦。”寥寥数字，明白如话，将风雨之虐、心中之忧、他人之淡漠、自心之深爱悉数道来，一字不多，一字不少，只是刚刚好。最妙的是“绿肥红瘦”，造语之新，直如横空一笔，但见奇崛，但见精工，待要探幽却又不知其所往，所谓神来之笔也。俞平伯另从着色上讲：“全篇淡描，结句着色，更觉浓艳醒豁。”解得也妙。

少女心——眼波才动被人猜

绣面芙蓉一笑开，斜飞宝鸭衬香腮，眼波才动被人猜。

一面风情深有韵，半笺娇恨寄幽怀，月移花影约重来。

——《浣溪沙》

这是她青青涩涩的初恋，心头藏着那份暗暗的甜美与羞涩，那种心如鹿撞的慌乱，那种秋水般闪动的眼波，那份幽幽在怀的牵挂与眷恋。

这首《浣溪沙》透露了李清照在那最美好的年华里最隐秘的心事。“眼波才动被人猜”真是神来之笔。“巧笑倩兮，美目盼兮”，美目流盼间，宛如弯弯明澈的秋水，闪动着少女内心的秘密，怕人猜，却又忍不住内心的喜悦，就这样春情无限，就这样爱意缱绻，像一朵水莲花不胜凉风的娇羞。

十六七岁时，李清照已经春心萌动。这位博览群书、过目不忘的才女，最喜欢读的一定是诗词。自古“词为艳科”，晚唐五代的“花间词”大多是写风花雪月，而李清照所处的宋朝，艳词更是盛极一时，柳永、秦观、晏殊等无不善写男女艳丽恋情之词。久习诗词，如何不会绮想联翩，如黛玉般“每日家情思睡昏昏”？名门闺秀，倾城之貌，如花似玉，冰雪才情，正是这些诗词，给了李清照最初的情爱启蒙。

这时，一个叫赵明诚的年轻人走进了她的生活。

当时，赵明诚尚在朝廷太学里读书求学。能在太学里读书的，多是当时一流的文人和官宦世家的子弟。读书之余，那些自命风雅的文人少不了要品评一番风流韵事，诸如某相府里的千金如何美貌、某御史家的小姐如何有才情。而早有才名的李清照便是其中最引人注目的，她的词早在她来汴梁之前就已经名动京师了。

赵明诚自然拜读过才女笔下的华美篇章，免不了被惊艳。于是，这位翩翩赵公子怦然心动，对李清照的爱慕之意如滔滔江水绵绵不绝。

> 蹴罢秋千，起来慵整纤纤手。露浓花瘦，薄汗轻衣透。
>
> 见客入来，袜刬金钗溜。和羞走，倚门回首，却把青梅嗅。
>
> ——《点绛唇》

无忧无虑的少女从秋千架上下来，将发酸的纤纤小手揉了揉。她香汗淋漓，绣衣微透。这时，突然听到有客人进来，连鞋子都来不及穿，只穿着袜子就匆匆走开。她头发微乱，头上的金钗也遗落了。可临进门那一刻，她忍不住回过头想瞧瞧来人是谁，于是攀过青梅借闻花香，顺势回眸一望，如一朵水莲花，无限娇羞可人。

天真任性的李清照怎会如此紧张、害羞和失态？可见这客人不是一般的人。否则，她也不会专门写下这首词。来者正是儒冠青衫、浑身散发着书卷气息、眉清目秀的公子赵明诚。

那个时代，一般的年轻文人面对有着明星光环的少女李清照，多多少少是有点儿心理障碍的。这个女孩子名气太大，才情又高，家世门第也是如此显贵。谁有勇气去独占花魁？而赵公子却偏生要摘下众人眼中那朵高处最美的花，可见少年赵明诚也是自视颇高。

赵明诚出身于书香门第，父亲是时任吏部侍郎的赵挺之。他从小饱读诗书，喜欢舞文弄墨，在父亲的熏陶下，尤其喜欢收藏古代的金石刻录文字。由于这一爱好，他交游甚广。赵明诚十八岁时，咸阳出土了一枚古代的传国玉玺。当时朝中的将作监李诫亲手拓印了两本，其中一本就送给了他。可见他在收藏界也是小有名气。而作为李格非的掌上明珠，李清照自小随父亲游览各处名胜。她记忆力极好，名胜古迹的断壁残碑、诗词书画中的佳作珍品一眼瞥过，即便是细枝末节之处也能记住。两人志趣相投，为以后的琴瑟和谐奠定了基础。

李清照如同一朵青梅，她低下头，含了满满的娇羞，不安地、喜悦地期待着，期待着上天给她安排的那个人到来，那是她生命的另一半。在她的愿望里，这个生命的另一半应当与她年华相当，相貌相当，才华也相当。李清照的爱情是人性舒展的水到渠成，是诸般因缘的殊胜圆满。就在那一刻，她遇到了她生命的神祇。

赵明诚是赵挺之的季子，赵挺之是新党的中坚人物，而李清照的父亲李格非却出自旧党苏轼门下。北宋后期新旧党争水火不容，如果赵挺之不同意的话，这赵、李两人很可能上演一场中国宋代版罗密欧与朱丽叶式的悲剧。

但这件事被赵明诚的一个梦解决了。

也许是日有所思，夜有所梦，赵明诚做过一个神奇的梦，在梦里读了一本书。醒来时，书上内容多忘记了，只记得三句：“言与司合，安上已脱，芝芙草拔。”他将这个奇怪的梦告诉了父亲赵挺之。父亲想了想，给他解释道：这“言与司合”是个“词”字，“安上已脱”，是个“女”字，“芝芙草拔”是“之夫”之意，合起来就是“词女之夫”。难道上天要安排你做女词人的丈夫？

于是，赵挺之请了媒人，去李家提亲。

在李格非的府上，媒人为赵明诚求得了李清照的生辰八字，再经过“草帖”“送帖”等礼仪后，与李清照“八字相合”的赵明诚携着酒礼来到李清照的家，当着赵、李两家父母的面，将一

支金钗插在了李清照的头上，以示订聘之礼。

宋徽宗建中靖国元年（1101年），李清照十八岁，赵明诚二十一岁。李清照终于走出深闺，乘一顶花轿，跨入了赵家的府邸，走向赵明诚的怀抱。从这一刻起，这个世界对于她有了完全不同的意义，她成为那个叫赵明诚的年轻男子的娇妻。而二十一岁的赵明诚也终于圆了“词女之夫”的梦。

画眉乐——此情无计可消除

晚来一阵风兼雨，洗尽炎光。理罢笙簧，却对菱花淡淡妆。

绛绡缕薄冰肌莹，雪腻酥香。笑语檀郎，今夜纱厨枕簟凉。

——《丑奴儿》

这首词据说是李清照新婚不久所作。盛夏的夜晚，雨水洗尽了暑热。一位丽人刚刚弹过笙簧，又对着镜子上了一层薄薄的晚妆。淡妆素抹格外清丽动人：“绛绡缕薄冰肌莹，雪腻酥香。”绛红薄绡的透明睡衣朦朦胧胧，雪白肌肤绰约隐现，醉人的幽香阵阵袭来，写出了一位新婚少妇的妩媚与性感，魅力无法阻挡。尤其令人销魂的是最后一句：“笑语檀郎，今夜纱厨枕簟凉。”佳人一声轻笑，轻启朱唇：郎君，今天晚上的竹席可真凉啊。这样的暗示充满了诱惑。清风细雨之夜，男欢女爱，卿卿我我，柔声细语，情醉神迷的恩爱跃然倾出。

这首词写得十分香艳，卿卿我我的儿女情态跃然纸上。丽人撩拨她的丈夫，绛绡缕薄冰肌莹和雪腻酥香，这样轻薄露透的打扮正传递着她内心深处对爱的渴望，称得上是风情无限。那一声对着檀郎的笑语，有些忸怩，有些不好意思，脸现绯红。此时，“枕簟凉”则是亲密狎昵的意味，那是和夫君在一起时的热情缠绵。一霎时，软玉温香，浓情蜜意，尽在那枕簟之上，唇齿之间。但李清照的情趣是高雅的，“理罢笙簧，却对菱花淡淡妆”，弹琴后又对着菱花铜镜薄施淡妆，也许赵明诚就在她身后相偎而立，欣赏着妻子的妆容呢。

古代女子的婚姻生活，并非只是温柔贤良，低眉顺眼。新嫁的李清照那样有激情、有胆量，就这样把二人世界的闺中生活以本真之笔写得摇曳多姿，风情万种，真让道学家大跌眼镜。

宋朝是个礼教森严、道学气息浓厚的时代。程朱理学所谓“饿死事小，失节事大”的观念开始慢慢在民间确立。就是在这样一个时代，李清照率真自由的个性也彰显得格外突出。在其他女性都羞于启齿的夫妻生活上，李清照也是率性而为，敢于向夫君主动地进行爱的诱惑和暗示：“笑语檀郎，今夜纱厨枕簟凉。”更令人称奇的是，李清照还敢把这些场景和感受用笔墨记录下来，写得活色生香。由此可见，她是活出真自我的时尚女性。

李清照与赵明诚既是恩爱的夫妻，也是志趣相投的亲密朋友。无论是读书论文，还是作诗填词；无论是金石刻录，还是鉴赏文物字画，两人都如痴如醉，让人羡煞鸳鸯。

哪怕在生活比较拮据的那些日子，他们两人以诗佐酒、把玩金石，“夫妇擅朋友之胜”，生活得好似“葛天氏之民”，单纯而快乐。人生得一知己足矣，夫复何求？

卖花担上，买得一枝春欲放。泪染轻匀，犹带彤霞晓露痕。

怕郎猜道，奴面不如花面好。云鬓斜簪，徒要教郎比并看。

——《减字木兰花》

这首词可谓幸福的缩影，《北宋词史》上有这样一段论述：“青春妙龄的少妇李清照，买花是为了赏花，是对美的欣赏；同时也是为了装饰自己，珍视自己的青春年华。花季女子，最爱美丽的鲜花。这时候的精心装扮，当然是为了博得丈夫赵明诚的赏识，所以，买花、戴花的动作又多了一层对幸福爱情执着追求的含义。一心想获得丈夫全部爱情的女子又是‘小心眼’的，她会对周围一切与自己比美的事物发生莫名其妙的嫉妒，这种嫉妒又转过来表现她对丈夫的深爱。因此，买得鲜花的李清照，忽然多出了一个心眼：不知丈夫是否会更赏识这梅花，认为‘奴面不如花面好’。对自己青春容颜充满信心、争强好胜的李清照，便一定要与梅花比个高低，特意将梅花‘云鬓斜簪’，让丈夫仔细端

详，究竟谁更漂亮。通过这种对丈夫撒娇的动作，表现出小夫妻之间的亲昵和温情。”

这首词清丽活泼，明白如话，正体现了李清照娇俏任性、活泼烂漫的个性。

“如何让你遇见我，在我最美丽的时刻。”女人总是愿意把自己最美丽的一面留给最爱的人。宋朝的都市里，常常会有挑着卖花担子走街串巷的人。他们的一肩春色、一担花香，将繁闹的都城熏染得生机无限。于是，爱美的李清照买下一枝最鲜最美的花儿来。

“怕郎猜道，奴面不如花面好。”活活画出这位新嫁娘千回百转的女儿心思。把花儿斜簪在鬓发上，“照花前后镜，花面交相映”，然后跑到新郎面前，风情万种地摆几个造型，非要让他说到底是花美，还是人美？汉朝的张敞说：“闺房之乐，有甚于画眉者。”读过这写于千年前的美丽宋词，我只有点头称是。

于千万人之中遇见所要遇见的人，于千万年之中，时间的无涯的荒野里，没有早一步，也没有晚一步，刚巧在这个时候赶上了。于是，他们牵起了手，“执子之手，与子偕老”。

红藕香残玉簟秋，轻解罗裳，独上兰舟。云中谁寄锦书来？雁字回时，月满西楼。

花自飘零水自流，一种相思，两处闲愁。此情无计可消除，才下眉头，却上心头。

——《一剪梅》

这首词美得玉洁冰清、仙韵入骨，美得不可思议，像极了一幅色泽清丽、意境优美的工笔画。寂寞让女人如此美丽，也让女人的笔如此清灵，妙不可言。

荷塘里粉红的残荷飘零冷落，玉簟秋凉。女词人闲愁难耐，轻轻褪去罗裳，独自登上兰舟。她等待着远人的鸿雁传书，但等到雁子都回来了，也只有皎洁的月光静静地洒满西楼，令人目断神迷。

思念绵绵不休就像无法阻止的落花的凋零，就像无法阻止的河水的流淌。一样的月光，在遥远的两地惹起了心头离别之苦、相思之愁。这种相思之情无法排遣，皱着的眉头方才舒展开，而绵绵思绪又涌上心头。

话说李清照和赵明诚刚刚结婚不久，赵明诚便远游求学。两人分隔两地，当风结带，望月怀人。告别了无拘无束少女时代的李清照，在庭院深深的赵府之内只有丈夫是知心人，她没有办法不思念他。

越是珍惜幸福，离别也就越发折磨人。这首词可谓将相思之苦倾吐得淋漓尽致。起句“红藕香残玉簟秋”，就为相思怀人设置了一个凄艳哀婉的场景。明艳的红，惨淡的香，凋零之感沁入

肺腑，这种明艳之下的残凉给人以触目惊心的悲。“轻解罗裳，独上兰舟”，口气看似清淡，却透着丝丝缕缕的怨。这一悲一怨流露出的正是对昔日幸福的不舍与留恋。

“云中谁寄锦书来？雁字回时，月满西楼。”自语式的问答，叹息间似乎可以看到眺望的眼神和眼神背后对幸福的深切期许。那是“误几回，天际识归舟”的期盼，是“过尽千帆皆不是，斜晖脉脉水悠悠”的漫长等待。这种望断天涯、神驰象外的情思和遐想，美丽又忧伤。

琴瑟和鸣——易安居士归来堂

草际鸣蛩，惊落梧桐，正人间、天上愁浓。云阶月地，关锁千重。纵浮槎来，浮槎去，不相逢。

星桥鹊驾，经年才见，想离情、别恨难穷。牵牛织女，莫是离中。甚霎儿晴，霎儿雨，霎儿风。

——《行香子》

李清照这首《行香子》题作“七夕”。一个夜深露重的秋夜，李清照独自一人拿着轻罗小扇坐在庭院里，怀着心事仰望天上的银河。只听得“草际鸣蛩，惊落梧桐”，七夕之夜是那么幽静，草丛中蟋蟀的叫声格外清晰，梧桐的叶子都被惊得飘落下来。这种寥落空旷的天籁之声让人心头平添一份萧索和寂寞。万籁俱静，蛩声凄切，正是她内心孤寂之情的流露，从而引出了“正人间、天上愁浓”。这个时候，不管是红尘人间，还是天上仙界都是离愁正浓的时刻，浓浓愁意笼罩了天地万物。这一句写得汗漫浩茫，包容天地。

这首词大概作于崇宁三四年间（1104—1105 年），李清照

夫妇此时也正是“云阶月地，关锁千重”。

自宋神宗起用王安石变法以来，新旧党争水火不容。李清照出嫁的第二年，也就是宋徽宗崇宁元年（1102年）九月，发生了有名的“元祐党人碑”事件。李清照的父亲李格非因为是旧党“苏门后四学士”之一而被列入“元祐”党籍，备受打压。同年八月，属新党中坚的赵明诚之父赵挺之却一路升迁，晋封尚书左丞，擢升宰相。夫家娘家，一荣一枯，李清照初尝现实的残酷和人情冷暖。

被罢官后的李格非，只得携眷回到原籍。

后来，党争愈演愈烈，李格非“元祐党人”的罪名竟株连到李清照身上。崇宁二年（1103年）九月，朝廷颁布诏令，“元祐党人”子弟一律不得留京为官，悉数迁往外地。又诏：“宗室不得与元祐奸党子孙为婚姻。”李清照被公公以犯官之女的名义撵出了赵家。

偌大的汴梁已经没有了立锥之地，李清照不得不只身离京回到原籍，投奔先行被遣归的家人。作为一个出嫁仅三年、年仅二十岁的女孩子，夫家没有了她的立足之地，处境该是多么的难堪？心情该是怎样的沉郁？

然而风云变幻，世事翻覆莫测。不久，赵挺之在与奸臣蔡京的政斗中胜利，于是大赦天下，解除一切党人之禁，李清照也得以返归汴梁与赵明诚团聚。

但是，短短几年后，蔡京复相，赵挺之被罢右仆射，不久后病逝。他死后仅三天，就因蔡京的诬陷，家产被查封，儿子赵明诚也被罢免官职。赵家亦难以继续留居京师。

父死家败，赵明诚心寒至极，他与李清照离开汴梁，回到故乡青州（今山东青州）赵氏故里，屏居十年。

乱世中，青州犹如世外桃源，风景清幽，十分适合才子佳人居住，这里装载了李清照和赵明诚完美的爱情。

李清照随赵氏一家回到青州的私第，开始了屏居乡里的生活，过了十年煮酒猜茶、踏雪寻梅的好时光。那是快乐的十年，两人收集文物、潜心著书，人世的纷纷扰扰离他们很远很远。

李清照、赵明诚屏居青州，始于宋徽宗大观元年（1107年）秋。第二年，李清照二十五岁，给居处命名为“归来堂”，取义陶渊明《归去来兮辞》。《归去来兮辞》中有“倚南窗以寄傲，审容膝之易安”句，于是李清照自号“易安居士”，居住的屋子，叫易安居。

李清照没想到因祸得福，非常开心。易安居是一辈子不可复制的美居，那里收藏了她这一生的最美好和最甜蜜。

性情淡泊的赵明诚在退居乡里以后，对于他一向热爱的金石书画的搜求研究，更加的投入，更加的潜心。家中仅有的积蓄，除了衣食所需之外，几乎全都用于搜求书画古器。当年，赵明诚刚出仕时，就对李清照说过：“宁愿饭蔬衣简，亦当穷遐方绝域，尽天下古文奇字。”李清照深深理解丈夫的志趣，并且给予了极大的支持。曾经的大家闺秀如今千方百计地缩减衣食支出，从锦衣玉食到粗茶淡饭，从明珠翠羽到荆钗布裙，无怨无尤。其实，这何尝不是他们夫妇共同的爱好和追求呢？平时每得一帖罕见的古书、名画或彝鼎金石，夫妇二人便共同校勘、鉴赏、整集签题，指摘瑕疵，夜以继日，乐此不疲。他们还将节余的钱财建造了藏书的房舍，利用业余时间在古籍碑刻里大量寻觅可以收藏的典籍。

在归来堂中，李清照与赵明诚虽然失掉了昔日京师丞相府中的优裕生活，却得到了居于乡里平静安宁的无限乐趣。他们相互支持，研文治学创作；他们节衣缩食，搜求金石古籍，度过了一段平生少有的和美日月。在《金石录后序》中，李清照对此做了较为详尽的叙述：

> 后屏居乡里十年，仰取俯拾，衣食有余。连守两郡，竭其俸入，以事铅椠。每获一书，即同共勘校，整集签题。得书、画、彝、鼎，亦摩玩舒卷，指摘疵病，夜尽一烛为率。故能纸札精致，字画完整，冠诸收书家。

青州古城是古齐国的腹心地区，是古老的文物之邦，丰碑巨碣、三代古器，时有出土。赵明诚夫妇在当地收集到《东魏张烈碑》、《北齐临淮王像碑》、唐李邕撰书《大云寺禅院碑》等一大批石刻资料。益都出土的有铭古戟，昌乐丹水岸出土的古觚、古爵，陆续成为他们的珍藏。

李清照记忆里还有一桩近乎游戏的雅事就是“赌书泼茶”，她在《金石录后序》中有记载。李清照天赋极高，记忆力惊人。所以，她特别喜欢与丈夫猜典饮茶。每次饭后，两人到屋里一起烹茶，就用比赛的方式决定饮茶的先后。一人问某典故是出自哪本书哪一卷的第几页第几行，另一人回答，若对方答中则先喝。可是，赢者往往因为太过开心，反而将茶水洒了一身，一口也喝不到。读书本已是雅事，二人更用“赌书”增添生活情趣，即使不慎将茶泼了，仍然兴致不减，余下满身清香，由此可见这对夫妇间的恩爱美满。

李清照之后，“赌书泼茶”遂成典故。千年之后，依旧能闻见缕缕茶香，易安的音容笑貌如在眼前。

政和七年（1117年），在李清照的大力协助下，赵明诚大体上完成了《金石录》的写作。除自作序言外，赵明诚还特请当时著名学者刘跂题写了一篇《后序》。史称，赵明诚撰《金石录》，李清照“亦笔削其间”。

夫妻别离——正是伤春时节

宋徽宗宣和三年（1121年），赵明诚离开了他们共同生活十年之久的“归来堂”，到莱州上任做官了。那年，李清照三十八岁。开始清照并未同行，至秋八月，才由青州赴莱州。在莱州期间，李清照继续帮助赵明诚辑集整理《金石录》，且“装卷初就，芸签缥带，束十卷作一帙。每日晚更散，辄校勘二卷，跋题一卷”。

香冷金猊，被翻红浪，起来慵自梳头。任宝奁尘满，日上帘钩。生怕离怀别苦，多少事、欲说还休。新来瘦，非干病酒，不是悲秋。

休休！这回去也，千万遍阳关，也则难留。念武陵人远，烟锁秦楼。惟有楼前流水，应念我、终日凝眸。凝眸处，从今又添，一段新愁。

——《凤凰台上忆吹箫》

这是一首值得细细品味的词，它透露了李清照内心深处不愿为外人道的伤痛。浪漫雅致的文字背后，一代才女感叹着现实婚姻生活无法避免的平凡与琐屑，抒写着内心深处的潮起潮落。

“香冷金猊，被翻红浪，起来慵自梳头。”一夜过去，狻猊（狮子）形铜香炉里的香已经熄灭冷却了。一个“冷”字似乎预示了词人的心情与思绪。早起无心叠被，锦被随意地铺在床上，恍似卷起层层红浪。“任宝奁尘满，日上帘钩。”她任那梳妆镜奁上布满灰尘，也无心擦拭；任那升起来的日影照上了帘钩，她也只是懒懒地、无语地怅望。这几句词中的意象为全词定下了一种慵懒怅然、百无聊赖的情绪基调。不禁让人想起温庭筠《菩萨蛮》里的“懒起画蛾眉，弄妆梳洗迟”与柳永《定风波》里的“日上花梢，莺穿柳带，犹压香衾卧。暖酥消，腻云亸，终日厌厌倦梳裹”，写的都是这样一位处于相思痛苦中而慵懒不愿起床、不愿梳妆的女子。

“生怕离怀别苦，多少事、欲说还休。”这三句开始吐露心曲。她已经对离别之苦产生了畏惧，心中纵有千言万语，话到嘴边却又咽下。她心中有许多的委屈和苦恼，想对人倾诉，却又无从启齿。到此，词意又多了一个转折，心中愁苦更深更浓。

“新来瘦，非干病酒，不是悲秋。”她最近人又消瘦了，但这与病和酒都没关系，也不是秋天来了所致。古人印象中，“日日花前常病酒，不辞镜里朱颜瘦”（冯延巳《鹊踏枝》），常饮酒可令人消瘦；“万里悲秋长作客，百年多病独登台”（杜甫《登高》），多病也会让人朱颜清减，而自己为何消瘦呢？整日心事重重，愁意郁结，焉得不瘦？

“休休！这回去也，千万遍阳关，也则难留。”罢了罢了，这回你要走，即使唱千万遍《阳关三叠》，也终是难留。“念武陵人远，烟锁秦楼。”这里运用了南朝宋刘义庆《幽明录》记载的刘晨、阮肇二人在天台山遇仙女的典故，后来刘、阮二人谢绝了仙女的一再挽留，回到了家乡。李清照这里借指心爱之人像刘、阮二人一样难留。“惟有楼前流水，应念我、终日凝眸。凝眸处，从今又添，一段新愁。”那“武陵人”越去越远，人影消失在迷蒙的雾霭之中，李清照一个人在“秦楼”默默凝望。她心中有千般滋味无人理解，唯有楼前流水，映出自己终日倚楼的身影。

这首词作于赵明诚离家远赴莱州、缁州任职，李清照一人独居青州之时。夫君啊，你渐行渐远的脚步声，似乎还回荡在耳边。望尽天涯路，也终究只是“过尽千帆皆不是，余晖脉脉水悠悠”。细读这首词，常常感到一种入骨的缠绵和忧伤。不仅是因为词的开篇就有失落与离愁情绪的铺陈和渲染，而是整首词都充斥着一种幽幽咽咽的悲怨与缠绵。明李攀龙《草堂诗余隽》称此词：“写其一腔临别心神，新瘦新愁，真如秦女楼头，声声有和鸣之奏。”清人陈焯评说：“此种笔墨，不减柳永、晏几道，而清俊疏朗过之。婉转曲折，余韵尤胜。”此词称得上李清照前期的代表作。

薄雾浓云愁永昼，瑞脑消金兽。佳节又重阳，玉枕纱厨，半夜凉初透。

东篱把酒黄昏后，有暗香盈袖。莫道不销魂，帘卷西风，人比黄花瘦。

——《醉花阴》

在落满黄花的素笺上，凄美的墨痕如一行花殇在绵绵细雨的吹送下悄然滴落成李清照的模样，一切完美得无声无息。元伊世珍《琅嬛记》载："易安以重阳《醉花阴》词函致明诚。明诚叹赏，自愧弗逮，务欲胜之。一切谢客，忘食忘寝者三日夜，得五十阕。杂易安作，以示友人陆德夫。德夫玩之再三，曰：'只有三句绝佳。'明诚诘之，答曰：'莫道不销魂，帘卷西风，人比黄花瘦。'正易安作也。"和泪凝成的诗词与清愁深深地刻进了西风里，李清照将绵绵的思念都付与午夜里那朵朵黄花堆积的落寞中。几许销魂，几许幽怨。

话说那年重阳，李清照作了这首著名的《醉花阴》寄给在外做官的丈夫。秋闺的寂寞与惆怅跃然纸上，彻骨的爱恋与思念，借秋风黄花表现得淋漓尽致。词被工整地录在鹅黄信笺上，词中婉转的意韵还有那娟秀的墨迹让赵明诚收到词后，先为情所感，后更

为词的艺术力所激。上阕的“薄雾”和“浓云”，开篇就将离别的愁绪定格在寂静的月夜。“半夜凉初透”给思念增加了丝丝的冷意。下阕“东篱把酒黄昏后”，不仅向赵明诚言明了自己的思念，还道出了独饮浊酒的落寞。

他在叹赏不已的同时，又不愿甘拜下风，为和妻子一决高下，就闭门谢客，废寝忘食三日三夜，写出五十阕词。他把李清照的这首词也杂入其间，请友人陆德夫品评，陆德夫把玩再三，说：“只三句绝佳。”赵明诚问是哪三句，陆德夫答：“‘莫道不销魂，帘卷西风，人比黄花瘦。’”赵明诚遂自叹不如。

重阳佳节，日渐憔悴的佳人独对西风中的瘦菊黄花，泪眼问花花不语，此情何寄？性情宽厚的赵明诚收到这首词，除了惊艳于爱妻的文字，更多的是一份感动。尽管赵明诚五十阕竟不敌清照的三句，但洋溢在他心头的始终是一份温暖的爱意，一份对妻子冰雪般聪颖才华的钦佩，一份对日渐消瘦憔悴的娇妻的怜爱与疼惜。也许，还有一份对拥有如此多才的女子为妻的小小自得。

这个故事广为流传，一时间成为佳话。隔着千程万程的山水，浓情不化，相思未减，只言片语传递着二人对彼此的倾慕，在离情别绪中又享受着柔情蜜意。李清照在《金石录后序》里追忆屏居乡里期间赌书泼茶的趣事，字里行间透着幸福快乐。可以说，相敬如宾、琴瑟和鸣的夫妻生活，滋养了她千回百转的情肠和蓬勃的艺术创造力。

这首词也是一幅悠远淡雅的画：薄雾轻烟里，东篱菊花间，似乎隐隐有一位瘦比黄花、满眸愁意的红颜女子，她的裙摆轻拂菊花，衣袖间萦绕缕缕花香。

“薄雾浓云愁永昼”，那年的重阳节是一个怎样的阴霭天气。轻纱帐里，她玉枕独寝，难以入眠。半夜的秋凉透入帐中、枕上，更让她怀念夫妇团聚时的温馨与亲密。独守空闺，与寂寞为伴，这是怎样一种难耐的孤独！

重阳的菊花开得极盛极美，满地黄花堆积。那个女子“东篱把酒”，指尖轻轻拈起一枝菊花，饮酒赏菊直到黄昏时分，染得花香盈袖。晚来风急，瑟瑟西风掀起了帘子，看着那纤秀婀娜的菊花，她顿感一阵扑面而来的寒意，更感到风中的自己是如此无助、如此瘦弱。从“照花前后镜”的自恋，到“人比黄花瘦”的自怜，一个女人的全部快乐与幸福都来自那个生命中最重要的男人。

两人初见时，《点绛唇》巧妙地表现出了女儿家调皮娇羞的模样，一个妙龄女子，在花树下的秋千上飘荡着，满心的欢乐，银铃般的笑声和着香汗涔涔。但这里，有人不合时宜地出现，让这个美少女顾不上玩耍——她和羞而走了。这一幕，是童话的开头，后来的故事是王子和公主的大团圆。于是，这一幕变得更加甜蜜。于是，这一幕成为李清照最愿意回想起来的幸福往事。但后来，局势动荡，李清照被命运的大手无情地推进了“莫道不消

魂，帘卷西风，人比黄花瘦”的相思情苦的境地。西风吹，冰凉的秋意让香闺更寂寞，她孤独的身影更比黄花憔悴而忧伤。

人淡如菊，千年来，秋风中枝头摇曳的菊花，总会浮现那个在花间、在风中婉转徘徊的柔美身影。茫茫人海，大千世界，能有一个人为君牵挂，为君思念，那是一种温暖，也是一种幸福。

颠沛流离——仓皇不忍问后事

宋钦宗靖康二年、高宗建炎元年（1127年），李清照四十四岁。此时赵明诚与李清照结婚二十六年了，这二十六年来，政局一直处在急剧的变化和动荡之中。

到了这一年，北宋王朝终于撑不下去了。金军南下，这个北方的游牧民族一锤砸烂了都城汴梁的琼楼玉苑，掠走了徽、钦二帝，北宋灭亡，史称“靖康之变”。赵宋王朝宗室匆匆南逃，五月，康王赵构即位于南京应天府（今河南商丘），改元建炎，是为高宗，南宋开始。赵构成了南宋第一个皇帝。

是年三月，赵明诚的母亲郭氏在建康（今江苏南京）病逝，他简单收拾了行装，便告别了李清照，匆匆南下，去为母守孝。八月，他担任江宁知府，兼江东经制副使。

北方局势愈来愈紧张，李清照着手遴选收藏，准备南下。她将大部分文物藏在青州故第，锁了十几间屋，自己带了一部分书籍器物南逃至建康，准备第二年回来用船运走剩余的东西。不料当年十二月，金兵攻陷青州，李清照与赵明诚在青州剩余的书册连同装满文物的十几间房屋皆被焚毁。

当李清照押运十五车书籍器物行至镇江时，正好遇到宋朝叛将张遇攻陷镇江府，镇江守臣钱伯言弃城而去，而李清照却以其大智大勇在兵荒马乱中将这批稀世文物于建炎二年（1128年）春押抵建康府。

但是，建康也不是世外桃源。以宋高宗为首的妥协投降派，借口时世危艰，拒绝主战派北进中原，一味言和苟安。李清照对此十分不满，屡次写诗讽刺，曾有“南来尚怯吴江冷，北狩应悲易水寒”“南渡衣冠少王导，北来消息欠刘琨”之句。

春城草木，岁岁枯荣。南渡第二年，赵明诚被任为建康的知府，不想就在这时发生了一件国耻又蒙家羞的事。一天深夜，城内发生叛乱，身为地方长官的赵明诚不是身先士卒指挥戡乱，而是偷偷用绳子缒城逃走。那一夜，作为一城之主，他终究没有将这一城山水，一肩担起。

李清照震惊无比，失望无比！本以为，夫君风流倜傥，铁骨铮铮；本以为，夫君怀济世之才，满腔热血，胸怀韬略。结果竟错看了他。彼时，露宿山川，酒一壶，风月在壶外，人生在酒内。举杯笑谈，良辰美景。谁曾想，世事竟这般轮转，他青衣依旧，却是那般的陌生。

事后，赵明诚被撤职。三月，李清照与丈夫二人沿长江而上向江西方向继续流亡。因她对丈夫临阵脱逃之事心存羞愧，夫妻之间生出隔阂，不复往日的亲密无间，一路上显得有些别扭。当舟行至当年项羽兵败自刎的乌江镇时，李清照不觉胸怀激荡，一如雨疏风骤，江水滔滔。泱泱华夏，时移世易，青史留名的英雄豪杰比比皆是。楚霸王战败被困垓下，十面埋伏，无颜见江东父老，一死以终；苏武不肯臣服于匈奴，寒天雪地牧羊十九载，直至须发皆白，得归故土；李纲反对割地求和，屡退金兵，数次贬谪仍忧愤不已；宗泽上书二十余次，力主收复中原，三呼渡河后溘然长逝；陈东一介贫寒儒生，伏阙上书，请愿高宗亲征抗金，以纾国难，终至斩首。人命已休，天地间浩然正气长存。而与之形成鲜明对比的，是那些弃天下百姓于不顾的苟且偷生之辈。

于是，这些忠肝义胆之士的气节激励着她，在孱弱而颓废的南宋时代，一位弱女子通过诗句发出了慷慨强音，这就是著名的《夏日绝句》：

生当作人杰，死亦为鬼雄。

至今思项羽，不肯过江东。

“生当作人杰，死亦为鬼雄。”国破家亡，一向婉丽细腻的女词人竟迸发出了如此遒劲之语。活着当做人中豪杰，一如张良萧何，辅佐君王建功立业；死了也要做鬼中英雄，一如屈原，身亡而气节存。南宋君王贪生怕死，弃江山百姓于不顾，只管自己逃命，比起宁死不逃回江东的项羽，如何不叫人感到羞惭？如此

掷地有声、荡气回肠的豪言壮语，谁还敢说女子柔弱？谁还敢说这样的女子不比铁骨铮铮的男儿更有胸襟，更有境界？至此，李清照不再是那个闲愁无数，只是发闺阁语的女词人了。

赵明诚站在身后，一字一字敲打在他的心上，使他面露愧色。

五月，她和赵明诚乘舟上芜湖，将要前往赣江，路上接到圣旨，赵明诚被召回京复职。六月十三日，独往面圣的赵明诚归来，当时李清照在船上，她描述夫君“坐岸上，葛衣岸巾，精神如虎，目光烂烂射人，望舟中告别”。

我仿佛看见易安望向爱人的眼神，温暖殷切，脸上有夏日阳光的阴影。

至池阳（今安徽贵池）时，赵明诚被升至湖州知府。在赴任的途中，冒暑奔驰的赵明诚因水土不服、气候不适，病倒在建康。七月末，书童赶回报信，李清照判断赵明诚是中暑，必服寒药，而他的体质却不适合寒药。李清照心急如焚，一个日夜行三百里，赶到时还是晚了，急于退烧的赵明诚果然服用了大量的柴胡、黄芩等寒药，病情非但没有好转，还新添了痢疾。

仅十天光景，原本高大、健硕的赵明诚就病入膏肓，竟于八月十八日卒于建康。

《金石录后序》载：“余悲泣，仓皇不忍问后事。八月十八日，遂不起，取笔作诗，绝笔而终，殊无分香卖履之意。”那年李清照四十六岁，其词风的转变应是从这一天开始。

弥留之际，赵明诚也曾试图为李清照留下最后的只言片语。可是他已病入膏肓，连说话的力气都没有了，在无力的颤抖中，年仅四十九岁的赵明诚便在满眼凄离的痛苦中溘然长逝，丢下了号哭不已的李清照。没有人知道他弃城而去之后，内心堆积了多少的自责与悔恨；也没有人知道，他忧愤而死，有多少是因为她与他之间的爱不再有转圜。唯一能肯定的是，她一生的爱情，终结在他南逃的那个夜晚。在那个得与失的渡口，这名叫易安的女子，以一曲清词，在她与他之间划开了一块寂冷的沙洲。

曾几何时，他们的结合，羡煞旁人，才子佳人，美偶天成。他是太学生，与她门当户对，情投意合。郎作秀口吟，妾写锦心词，共同爱好金石喜诗词，她与他的婚姻幸福得如同花间溢出的蜜，绵甜而温馨。

清词阕阕，将时光缓缓地漾开，晓风疏月，垂柳如丝。一剪梅，小重山，醉花阴，声声慢……长夜如磐，浓浓的墨香携着柔情并入词篇。那时，荷香阵阵，粉藕未成，桌上，一灯如豆，她正当青春。两个人对酌，一杯一杯复一杯。

庭院深深，倚窗同坐，青铜玉鼎，香烟袅袅，无数个午后，他们将时光交付在书房，抑或柳荫花影下。

那时，情正浓，意正融，他们满眼都是春天，在赌书泼茶满屋香的日子里，把快乐穿梭成她笔下浓浓淡淡的墨香。陌上花开，携手同游，绵绵长长的时光中，她婉约立于那些长长短短的句子上。

之后，她与他之间的姻缘，因着山河沦陷，因着边关告急而转折起落，她眉眼里的清冷与萧瑟，是梧桐更兼细雨时的感伤。

许多年之后，岁月流逝成东去的江水，烟波里的故事却在水面翻腾不已。人们都还记得她的名字，说起千年前曾有一个叫易安的女子，她的才情，她的诗意，她与一个叫赵明诚的男子之间赌书泼茶，兴尽舟晚回的惬意。可又有谁读出，这惬意之后的无奈与清寂。

初秋的风，自远处池塘捎来几许花香，那是荷的香味，她与他曾一起赏过。那年，满池莲花次第开放，粉白之间，他轻摇小舟，鸥鹭频频惊起，给夏夜更添了几分生动，闭上眼，依稀瞧见被风浮起的那年的衣角。没有人，能理清她的心事，她的诗亦是不能。或许，她也不想教旁人知道，聪慧如他，终也负了她，这世间，还有旁人能懂她爱她吗？

所嫁非人——凄凄惨惨戚戚

赵明诚死了，李清照的爱情与希望也跟着死去，葬毕赵明诚，李清照大病一场。她多么渴望去九泉之下陪伴赵明诚，然而她还必须活着。她哀怨而失神的目光投射在床头一卷卷书册上，为赵明诚整理他所写的有关金石彝器的考证文章，纪念他们夫妇两人二十九年来共同走过的情感，成为她活下去的信念。

赵明诚离世后，无数双贪婪的眼睛盯上了他们收藏的金石书画。没多久，伺机而动的贼人趁李清照熟睡之时，将她收藏的文物偷走大半。整日愁肠百结的李清照在哀风凄雨中孤独无依，此时又发生了一件对她打击很大的事情。有人在高宗面前说赵明城生前曾将一玉壶献给金人，有私通之嫌。原来在赵明诚重病期间，有人拿了把玉壶请他鉴别真伪，被人谣传为“送壶通金”。

李清照得知消息后气愤不已，此事纯属小人搬弄是非，她想得一法为丈夫正名，就是将家中所有的铜器献给朝廷。但当时金兵南逼，高宗无暇顾及此事，只是一味带着他的宠臣逃跑。李清照也跟着他们的足迹踏上了逃亡之旅，金石书画等贵重之物在路途中多有流失。

山河破碎，丈夫亡故，这一切惨痛似乎还不够。一个孤苦无依的妇人，固执地携带大量文物，辗转千里追寻高宗，只为一厢情愿地把毕生收集的文物献给朝廷，以此澄清丈夫的声誉。

她从建康出逃，经越州、明州、奉化、宁海、台州，千辛万苦地追寻着国君远去的方向，一路上自己雇船、求人、投亲靠友，带着她和赵明诚一生搜集的书籍文物，苦苦地坚持着。这些文物在战火中靠她个人力量实在难以保全，她希望送给朝廷，但是始终没能追上皇帝。

赵明诚的妹婿李擢时为兵部侍郎，从卫太后在洪州（今江西南昌）。为保存赵明诚所遗文物书籍，李清照遂派人运送行李去投奔李擢。不料金人攻陷洪州，李清照只好携带少量轻便的书帖典籍仓皇南逃，颠沛流离中，所余文物又散失大半。

建炎四年（1130年）春，李清照追随帝踪流徙浙东一带。这年十一月，高宗看到身后跟随的人太多不利逃跑，于是下令遣散百官。李清照无限失望地望着龙舟在茫茫海上渐行渐远。国土失了一半，国君抱头鼠窜，苟且偷安，留下岸上四处流离、无家可归的百姓。她一个亡国之民，被时代所困，又无依无靠，在一片哀鸿之中受着身心的双重煎熬，怎能不犯大愁呢？

幸好，李清照此时找到了自己的亲弟弟李迒，随后姐弟一起赶赴浙江西部的衢州探亲。绍兴元年（1131年）春，李清照又随着弟弟李迒回到高宗暂时驻跸的越州，随身带着的五大箱文物又被贼人破墙盗走。绍兴二年（1132年）三月，她才跟随着高宗的御驾回到被金兵劫掠后的临安（今浙江杭州）。在这有“三秋桂子，十里荷花”之美誉的地方，官员复位，科举再行，南宋小朝廷开始了它的统治运作。

自赵明诚去世之后，李清照就以带病之身驰驱奔波，整天担惊受怕。回到了临安，不用继续被驱策于野外长途，余生可以和亲人相邻相望，尽管失去了很多，李清照还是感到了一种劫后余生般的放松。但是，刚回临安，一场大病突如其来。危重的状况，比之赵明诚逝世后“仅存喘息”的那一场，有过之而无不及。

临安城里，虚弱的李清照日日在病痛的折磨中喘息。她那任敕令所删定官的小弟弟含着眼泪，天天跑来为她送药尝汤。他觉得姐姐这一生太苦，除了自己，现在竟然没有一个靠得住的亲人守在身边。病势起得十分凶猛，李清照不停地呻吟，有时咳嗽，有时发烧，煎熬了很长时间。因为极度虚弱，她一度“牛蚁不分”，什么也听不清楚了，已经接近死亡的边缘。

这时候一个名叫张汝舟的男人出现了，他对李清照的不幸遭遇深表同情，并说他也没有妻子，如果李清照和李家不嫌弃，他愿意好好照顾她，与她牵手度过后半生。李迒不敢相信，张汝舟竟然愿意娶自己这位孤苦伶仃的老姐姐，她几乎一无所有，而且还生着大病。张汝舟忙不迭地介绍自己，说自己是北宋崇宁年间的进士，因与易安夫人年辈相近，易安夫人的才华与文名，他当

年与太学里的同学经常一起谈论，倾慕不已，但是升沉异势，不敢想象能有亲见芳颜的一天，并表示晚年能有易安夫人相伴，他这一辈子也算是没有虚度了。

张汝舟的话让李迒十分感动，他没有想到在姐姐如此病重之时，还有这样一位有情有义之人，不嫌弃她的一无所有，对她如此看重。尽管这位张官人看起来没有姐夫儒雅博学，但能如此深长地保持着对姐姐的钟情，也算是一个可以托付的人。

于是他代替李清照答应了张汝舟的求婚，不过也表示，婚事要等姐姐病好了以后再办。李清照的病势稍减，弟弟李迒就兴奋地告诉了她这个消息。李清照大为吃惊，开始她是拒绝的，但是弟弟劝她，如果有这样一个钟情很久了的张官人呵护，她即使无法体验到最高的幸福，至少不会因为孤寂而多愁多病了。

也许是老天看到我的苦，派一个人来照顾我？尚在病余软弱状态中的李清照这样想着，也就同意了。于是，病好之后，李清照坐上张汝舟派来的车马走了，顺便带走了那些劫余的金石文物。李清照憧憬着，也许能有一个尚且算是安稳的下半生。

但张汝舟的面目很快就暴露了，他如此着急要娶回李清照，并不是多爱她，而是看上了李清照赵明诚积攒的金石文物。

他们在同一个屋檐下住了仅仅百天。起初，张汝舟对李清照笑脸相迎、礼貌有加，两人也相安无事。但是，当张汝舟以为李清照已在自己的掌控之下的时候，便开始向她索要金石文物。索要不成，张汝舟从恶语相向发展到拳脚相加。

他的拳头一天比一天重，李清照的痛心和后悔一天比一天深。真是“以桑榆之晚景，配兹驵侩之下材”啊！李清照实在忍受不了，就向自己的弟弟求救。

看到姐姐所受的非人折磨，李迒深悔自己的轻信把姐姐送进了火坑。他无法相信，一个进士出身的文官会有那样粗暴的行为。他赶紧去翻查这个张汝舟的老底。一查之下，才发现他根本就是个不学无术的无赖，他能够做官，全是靠着坑蒙拐骗。

知道了张汝舟老底的李清照，直接告发了他的舞弊之罪，并诉讼要求离婚。但按照宋朝法律，妻子告发丈夫是“地告天”的犯上行为，无论输赢如何，妻子都要受到坐牢两年的惩罚。

李清照是一个极有原则的人，比起生活在精神奴役之中，她宁肯受点儿皮肉之苦。对于张小人的下作，她是无比地鄙视，同时也深深地懊悔。于是，她给友人写信：“猥以桑榆之晚景，配兹驵侩之下材。”话说得何等坚决且咬牙切齿。以李清照的刚烈性格，她宁可坐大牢，也不肯再同“驵侩”之人张汝舟朝夕为伴。

张汝舟的罪行查实之后，被发配到柳州。李清照与张汝舟的婚姻关系也被解除，她不用再饱受张汝舟的折磨了！代价却是在刑部大堂同被问审的羞辱之后，等待关押。可是，在关押几日之后，李清照却获释了。原来是高宗亲自过问这个案件，并赦免了李清照的罪行。

辞别尘世——伤心枕上三更雨

绍兴四年（1134年），李清照完成了《金石录后序》。

绍兴五年（1135年），金兵前来进犯。她依附弟弟李迒，避难金华。

一夜东风吹柳绿，满塘碧水映桃红，江南的春色，盈翠欲滴，美得让人心动，而潇潇庭院中寂寞的身影如恍若隔世的风景，凝眸锁愁，遍倚阑干，俯首轻叹，愁肠寸断，春暖闺深，国破家何在？望断天涯已寻不见来时路，泪流尽，心已碎，徒留惆怅伴孤灯，谁怜憔悴更凋零。南飞雁，哀鸣划破长空，犹如杜鹃啼血，心痛，心酸，心碎！

花已残，东风还在无力地吹着，将最后一抹余香扫尽。又是日暮时分，她心如茧丝，缠上了太多的结，倦得不想梳理头上的发丝。山河依旧，却人去楼空。想要倾诉，朱唇轻启，惹来一袖的泪水。她听说双溪的水，还残留着春光的明媚，她的心又动了，最爱的是驾上一叶兰舟，任流水脉脉。可是又担忧双溪上的蚱蜢小舟，难以载起她一腔的愁怨。

避乱金华期间，李清照写成《打马图经》并《序》，又作

《打马赋》。虽为游戏文字，却语涉时事，借谈论博弈之事，引用大量有关战马的典故和历史上抗恶杀敌的威武雄壮之举，热情地赞扬了桓温、谢安等忠臣良将的智勇，暗讽南宋统治者不识良才、不思抗金的庸碌无能，寄寓收复失地的愿望，抒发了个人“烈士暮年”的感慨。

绍兴十三年（1143年），酷暑即将退去的时候，倾尽了赵明诚与李清照毕生心血的《金石录》也已全部竣工。这是李清照与赵明诚的心血结晶，亦是孤寂的李清照精神上的支柱。

书中著录了赵明诚所藏的上古至五代的钟鼎、礼器、铭文、款识、碑铭、墓志、石刻、文字等三十卷。其中包含两千多种按时代编排的金石碑刻目录、注释，还有与之相关的考证跋文，并对《新唐书》和《旧唐书》中误记、错记的地方进行了一一修正。

这天下午，李清照亲手在素绢封面上恭楷写下：

> 《金石录》（三十卷）宋秘阁修撰，知湖州事，东武赵明诚撰。

写完后，她如释重负，是的，无论经历了多少艰难苦楚，她终于还是一个人把她与赵明诚二人的工作完成了，要知道当初那些惨淡经营了几十年的金石书画被毁于战火和盗寇，她曾心痛何

如！余生清寂，怕是要守着这些书卷度过了。回忆过去，心中纵然有千般万般得失聚散可说，也都化在了一声浅浅的叹息里。她在《金石录后序》中写道：

呜呼！余自少陆机作赋之二年，至过蘧瑗知非之两岁，三十四年之间，忧患得失，何其多也！然有有必有无，有聚必有散，乃理之常。人亡弓，人得之，又胡足道！

命运似乎再没有眷顾李清照，在她人生的最后阶段，她还经历了另外一种苦难，那就是孤独，而且是漫长持久的孤独。感情生活带来的伤痛和国运民生造成的担忧，令她深陷痛苦。而这些苦痛到头来却仍然只能由她一人承受，这才是人生最大的折磨啊！

晚年的李清照身边没有亲人，没有孩子，独自住在一座清冷的院落里，每到日暮时分，秋风飒飒，卷起一地黄叶。曾经名满京师的才女如今鲜有人问津，只有旧友一二，偶来探视。据陆游在《渭南文集》卷三十五《夫人孙氏墓志铭》中记载："建康明诚之配李氏，以文辞名家，欲以其学传夫人，时夫人始十余岁，谢不可，曰：'才藻非女子事也。'"说的是其夫人孙氏十几岁时随家人到李清照处玩耍，李清照见其聪慧，就想将平生所学相授，不料孙氏当即谢绝，说才情文采并不是女人该做的事。如此天真却又理所应当之语，从一个稚童幼女口中所出，却是对“女子无才便是德”的深刻信仰，李清照听着，心中该是多么悲怆啊！

想她一生才华恣肆，刻苦钻研，著书作词，忧国忧民，晚来还指望自己的才思有所传承，原来，在这世道眼里，她竟从一开始就是错的吗？是了，后世几百年间，对她称颂者有之，诋毁者亦不在少数。明诚走后，这世上还有谁能懂她，容她，伴她？之后一切的坚持和挣扎不过是遥不可及的奢望，命运留给她的终究只有孤独。于是，她茕茕独行于深秋的黄叶小径，吟哦出了这首饱含了一生心酸苦楚的《声声慢》：

寻寻觅觅，冷冷清清，凄凄惨惨戚戚。乍暖还寒时候，最难将息。三杯两盏淡酒，怎敌他、晚来风急！雁过也，正伤心，却是旧时相识。

满地黄花堆积。憔悴损，如今有谁堪摘？守着窗儿，独自怎生得黑？梧桐更兼细雨，到黄昏，点点滴滴。这次第，怎一个愁字了得？

千年以前那个西风劲吹的黄昏，她头戴一朵黄花，书写一帘幽梦。

今夜哀伤又一次醒来，今夜孤独依然萧瑟凄清。纵使深情如

冷蕊数枝绽放，李清照便是耐得了风霜雨雪，又怎逃得过半世孤苦伶仃？无可奈何，好似花谢花飞。菊样的女子终被淹没在历史的长河中。无限寂寞时光里的忧伤，无限忧伤里的寂寞时光。

晚风习习，水映残月，镜照佳人，月为谁瘦，花为谁伤，花香已逝，飘散了温馨的过往，吹落的花瓣埋葬了一世沧桑，寻觅中，年华已逝，轮回的渡口，梦中人是否依旧，依旧还在痴痴地守望。李清照乱世寡居，此后流徙漂泊，受尽苦楚。红尘没落，她似一枚无依的霜叶，因为无依，才会有后来悲哀的再嫁。那段残破的婚姻没有维持多久，李清照便独自过上她寻寻觅觅、冷冷清清的晚年。

“寻寻觅觅，冷冷清清，凄凄惨惨戚戚。”十四个叠字层层深入地描绘了词人彷徨失落、无可依托的心境。“寻寻觅觅”，寻觅什么？大凡曾经拥有又失去的，皆是她寻觅之物：曾经安逸富足的生活，幸福美满的婚姻，战乱里丢失的文物，逝去的青春年华，还有再也不复当年的故国盛世。可是她什么都找不见，反而衬得现实情状更为孤苦。“冷冷清清”，寻觅无果后，再看周遭，自是冷清。“凄凄惨惨戚戚”，悲从中来，充盈了苍老的心房。“乍暖还寒”，是气候的善变，也是命运的无定，三杯两盏的淡酒如何浇得灭心中浓愁？入夜秋风急来，天上旧时雁过，地上黄花堆积，还有窗外的梧桐，点滴的细雨，萧索的秋日黄昏之景，无一不生愁。“怎一个愁字了得”，于是，结句一个“愁”

字成为词眼，将一切恍惚心境点明道破：往事倾泻而来，心中本已愁极，外部景物偏又一个接一个地来添愁，比愁更愁。我无语，唯一声叹息。是的，生离死别之愁，国家兴亡之愁，岁月无回之愁，怎一个愁字了得！

把酒当歌，饮尽一生的寂寞，叹尽一世忧伤，愿来世化身为蝶，相爱的人仍然可以翩跹于万花丛间，她与明诚掬一捧花香，微醺眉间的惆怅，轻拾唇边的凄凉，用舞动的翅膀，再谱一阕蝶恋花！

越十余年，大约在绍兴二十五年（1155年），在萧瑟肃杀的秋风中，旷世才女李清照怀着对死去亲人的绵绵思念和对故土难归的无限失望，极度凄凉地悄然辞世。

漫天黄云弥漫，寒风枯枝摇曳，那是一个秋天，她生命的最后秋天。她在《摊破浣溪沙》中写道：

> 枕上诗书闲处好，门前风景雨来佳。

这离别的话说得无奈而苦楚。

在孤寂与凄凉里，李清照被南渡的权贵们遗忘，甚至她的卒年在史书中亦无可考。可易安的一颗万古愁心，令多少后人唏嘘流涕。

黄昏院落，凄凄惶惶，酒醒时往事愁肠。闻砧声捣，蛩声

细，漏声长。轻轻搁下笔，不再去管，宣纸上的寻寻觅觅语不尽，都在人比黄花瘦的傍晚掩门而去吧！

词苑千载，独盛一枝女儿花，她转身，湮没在狼烟里，除却万里河山，还有昔年的记忆，一地的词篇。凄雨损残花，怅对诗笺，此情郁郁深愁后，月下香浮袖。吹起相思，红颜叹，醉花叹，一夜庭风，一枕清寒透。

清照，我写你，我也爱着你，爱你秀外慧中的高雅气质，爱你聪明如冰雪的才华，爱你多情婉约的女人韵味，爱你玲珑文笔后面那颗晶莹剔透的兰心。

灯火阑珊夜，我为爱赴汤蹈火：朱淑真

淑真独倚阑干，帘栊窗外，万籁俱寂，清冷的月光泻下一抹光华，而她只有孤独，伴着噬骨的寒气。一天飞絮东风恶，满路桃花春水香。当此际，意偏长，萋萋芳草傍池塘。楼外垂杨千万缕，欲系青春，无奈青春只是少住，终是随春还去。选择蹈于红尘之外，远离了世事的纷扰，搁浅下寂寞沧桑的心，细数指尖年华，不觉间已忘却了繁华，忘却了往事，忘却了岁月的蹉跎，忘却了人生旅途的坎坷，忘掉了一切可以忘记的。然而，当她自以为早已忘却一切时，却独独放不下那份情。

纯真年代——红艳诗人

她的声名，正如魏仲恭在《断肠诗集序》中所言："虽欲掩其名，不可得耳。"宋以后诸名家的诗、词选本都选入了她的作品，并把她列入名家之列，由此可见其声誉与风采之盛。

她，就是"红艳诗人"朱淑真。

朱淑真大约在宋高宗绍兴五年（1135年）前后出生，相传为朱熹侄女。祖籍歙州（今安徽歙县），《四库全书》中定其为"浙中海宁人"，一说浙江钱塘（今浙江杭州）人。她生于仕宦家庭，其父曾在浙西做官，虽不十分显赫，家境却也优裕。这可是她"小资情调"的经济基础。她所生活的时代，恰逢南宋与金国媾和，社会渐趋稳定，所以少女时代的她过着一种优裕闲适、天真烂漫的闺中生活。

朱淑真从小随父寓居在浙江钱塘。他的父亲文学修养极高，一有空闲便在家中教她赋诗填词、吟诗作对，因此朱淑真从小就受到了良好的文学熏陶。这从她的诗作《书窗即事》中就可以看出来：

其一：

花落春无语，春归鸟自啼。

多情是蜂蝶，飞过粉墙西。

其二：

一阵催花雨，高低飞落红。

榆钱空万叠，买不住春风。

这是朱淑真在孩童之年所作，诗意和文字呈现出一派天真烂漫。从书窗向外看去，少女朱淑真眼里的春天是那样生机勃勃，哪怕是暮春花落时节，也有鸟啼蝶飞、落红如雨的生动活泼，彩蝶飞过“粉墙”去寻找春天的记忆，“榆钱空万叠，买不住春风。”哪怕榆树枝头有榆钱万叠，也难买得春风长住。榆树早春未生叶时先开花，果实不久成熟，名“榆荚”，形状似铜钱，色白成串，俗称“榆钱”。因其称“钱”而有虽榆钱万叠也“买不住春风”之句，真是灵透的妙想。明代竟陵派代表钟惺赞叹道：“飘宕处，妙在憨气，稚气。”

而“一阵挫花雨，高低飞落红”，又仿佛是朱淑真命运的写照，也是古时许许多多红颜女子的命运写照。这两首小诗显示了朱淑真早慧的才情。

朱淑真的父亲是一位儒雅之士，常常在家里搞些小集会，一

家人围坐在一起，把盏推樽，谈诗论赋，朱淑真就会趁机“圜坐红炉唱小词，旋篘新酒赏新诗。大家莫惜今宵醉，一别参差又几时”以显才华。这时的她是开心的，尽情赋诗，尽情饮酒，“牵情自觉诗毫健，痛饮惟忧酒力微”。

开明的父母，开放的家风，让开心的朱淑真爱上了诗也爱上了酒。这两个爱好一直持续了一生。

闲步西园里，春风明媚天。
蝶疑庄叟梦，絮忆谢娘联。
踏草青茵软，看花红锦鲜。
徘徊月影下，欲去又依然。

这首《春游西园》透露了她的居家环境。朱家那大大的园林里，有幽静的长廊，苍翠的柏树，还有连天的湖水。她自幼受到良好的教育，且天资聪慧，琴棋书画无一不精。父母兄嫂的宠爱更是为她营造了无忧无虑的生活环境，保持了一颗可贵的童心。

诗中的西园应当是她家里的后花园，晴空春日，栏下的湖水盛着碧蓝的天。游廊末端，柔柔的柳叶在枝杈间争相倾吐着青青的颜色，春意正浓。明媚的春光里，西园的花间翩翩飞过蝴蝶，它们扇动着美丽的翅膀，飘忽得像庄子笔下的蝴蝶迷梦。那空中纷扬飘飞的柳絮让她想起了东晋才女谢道韫咏雪的那句“未若柳絮因风起”。她的脚踏在草地上像踩在绿毯上一样柔软，而那些盛开的花朵则像红锦那样鲜丽明艳。她一直玩到傍晚时分，徘徊在那如梦如幻的月光下，准备回家却又依依难舍。

纱橱困卧日初长，解却红裙小簟凉。

一篆炉烟笼午枕，冰肌生汗白莲香。

——《暑月独眠》

朱淑真夏日午睡一会儿也是别有情趣的。纱幮是指床帐，簟是指竹席。夏日里，女孩儿的闺房是清静的。外面的阳光正当午，蒙眬困睡中的朱淑真在纱帐里解去了红裙，躺在清凉的竹席上。香炉里篆香正在枕边袅绕盘旋，而这小姑娘雪白肌肤上沁出的体香，犹如夏日荷塘中白莲般清新脱俗。

朱淑真的父亲肯定是一个疼爱女儿的慈父。朱淑真在《璇玑图记》一文中这样描述："初，家君宦游浙西，好拾清玩，凡可人意者，虽重购不惜也。一日家君宴郡倅衙，偶于壁间见是图，偿其值，得归遗予。”她讲自己的父亲爱好古玩书画，宦游浙西时发现了珍贵的《璇玑图》就花钱买了下来，回来后送给了女儿。一个父亲对女儿的疼爱之情跃然而出。尽管朱淑真半生沉浸在无法排解的愁苦中，但她的童年生活是快乐的，是备受呵护的。

春园得对赏芳菲，步草粘鞋絮点衣。

万木初阴莺百啭，千花乍折蝶双飞。

牵情自觉诗毫健，痛饮惟忧酒力微。

穷日追欢欢不足，恨无为计锁斜晖。

——《春园小宴》

朱淑真这首诗描述的是和亲人们在花园中赏花观景宴饮的快活情景。古时闺中女子是不得随便抛头露面的，从诗的开头一句，即可看出朱淑真家教森严的一面。而女孩对花草的情有独钟令朱淑真面对满园春色早就心向往之。难得有家宴设在春天的花园里，早慧俊美的朱淑真，自是开心不已。“步草黏鞋絮点衣”道出了她轻移莲步踏入春园的第一感觉，用词轻快，化用了杜甫《十二月一日》中“轻轻柳絮点人衣”的一句为“絮点衣”。“牵情自觉诗毫健”一句，在无形中透露了她自信甚至有点儿自负的一面。

才女是指美丽与才华兼备的女子。朱淑真的父亲希望女儿成为美丽贤惠的淑女才女，而生于诗书簪缨之家的朱淑真，也果然没有令父亲失望，少时便有了才名。钱塘江畔的湖光山色，滋养了她美丽的容颜，培养了她的聪明与灵性，加之自幼博通经史，能文善画，精晓音律，尤工诗词，朱淑真素有才女之称。“穷日追欢欢不足，恨无为计锁斜晖。”朱淑真在春宴上和亲人们饮酒作诗，直到夕阳西下时仍然意犹未尽，恨没有办法锁住落日余晖，让时间停滞。

扁舟夜泊月明秋，水面鱼游趁闸流。

更作娇痴儿女态，笑将竿竹掷丝钩。

——《秋夜舟行宿前江》

烂漫青春，无忧少女，泛舟的欢愉在诗词中挥洒得酣畅淋漓。秋天月明之夜，月光如水，江风习习。江面波光粼粼，鱼游浅底。一个女孩子泛舟江中，一边咯咯地娇笑，一边手握钓鱼竿，将丝钩掷向江中。

李清照曾以“沉醉”“兴尽”“争渡”“惊”写下了著名的《如梦令》，而朱淑真在诗中写了“娇痴”“笑”“掷”“钩”，一举一动间透着陶醉的兴味，仿佛都能听到少女开怀的笑声。一时的景致，短暂的情态，交融出两幅少女泛舟图，一幅清新，一幅轻快，却是同样的生动，同样的闲逸，同样出于本真，不事雕琢，自然，自在，自得。傲人的才情背后，隐藏的是过人的胆识和勇气，动人的散诞与放旷，不带一丝一毫的闺阁礼教之气。两首作品从理学盛行的宋朝绵延至高呼女权的当代，令今人读来，仍是赞叹不已。

如此文学造诣，不但得益于高贵的出身和宽松的家教，更取决于她们爽朗率真的个性以及纵情自然的意趣。正是这样独特超群的个性和意趣，使她们不安于礼教的束缚，不甘于世俗的成见，而敢于张扬人性，亲近自然，在黄昏夜间的水中倒映出花样年华的别样风光，释放出活泼贪玩的少女天性，滋养着愈发蓬勃的生命活力。也正是这份青春烂漫，激发了她们更为绚烂的心事。

少女怀春——未知心事属他谁

迟迟风日弄轻柔，花径暗香流。清明过了，不堪回首，云锁朱楼。

午窗睡起莺声巧，何处唤春愁？绿杨影里，海棠亭畔，红杏梢头。

——《眼儿媚》

这首《眼儿媚》是朱淑真《断肠词》里最阳光的一首。《眼儿媚》又名《秋波媚》，显而易见是很柔媚优美的一种词调。文字温软和煦，熏人欲醉，风格清新亮丽，流露出朱淑真少女时代多愁善感的惜春情怀。风和日丽，花香怡人，一位穿着淡红衣衫的女子行走在花间小径上，飘荡的春风轻弄着花枝柳条，一股暗香扑鼻而来，令人心醉。春天多么美好啊！转眼清明已过，落花飞絮，有云雾笼罩着朱楼绣户，眼中是一片不堪回首的阴霾。午梦初醒，听闻窗外莺声巧啭，一声声唤起了春愁。可黄莺在何处啼鸣呢？是在绿杨影里，还是在海棠亭畔，抑或是在红杏梢头？

“迟迟”指日长而和暖。开篇即是一派风和日丽的景象：春

日和暖、杨柳风轻，花香熏人欲醉，令人骨酥心软。“弄轻柔”三字，活灵活现地状写出了阳光抚弄杨柳柔枝嫩条的情态。接下来的“清明过了，不堪回首，云锁朱楼”，却又写出一片好景不长的怅惘。清明过了即是暮春，前面柳条轻柔、花香袭人的迟迟春日已经结束了。眼中见到的是云雾缭绕，沉沉阴霾笼罩着女儿家居住的红楼绣阁。

“午窗睡起莺声巧，何处唤春愁？”好梦被鸟叫声打断，让人惆怅。朱淑真午睡醒来，听到的就是黄莺的婉转叫声。“巧”字写出莺叫声之清脆婉转。这莺叫声唤起的却是她的一腔春愁。循声望去，她看到了三个景致：“绿杨影里，海棠亭畔，红杏梢头。”那清脆婉转的莺声不时出没，朱淑真在猜测，到底是从哪一处传来的呢？也可能是那黄莺从这一处飞到了那一处，结果好像处处都传来黄莺啼叫声。而少女朱淑真的心底愁绪也像这叫声一样，明明感觉得到，却又说不清，道不明，不知愁从何来。绿杨，海棠，红杏，都与青春有关，与爱情有关。所以，这其实是少女朱淑真对青春和人生的一次窥视和寻找。

这首小词以灵秀之笔创造出一个美妙的春意境界，也活画了一颗正在萌动的青春少女之心。春天将尽之时，引起她们对春日盛景的怀念与流连，引起她们对青春易逝、似水流年的联想和怅惘。这是她们的多愁善感，也是一种多情。正因为朱淑真的多情，才使得她日后如许坎坷与多难。她有过一段风花雪月的情事，却终如烟花般，虽然绚丽，但仅是瞬间，之后，便杳无痕迹。

《秋日偶成》是少女时代的朱淑真所作。那时，她对美好的爱情充满了无限的憧憬和期待。

初合双鬟学画眉，未知心事属他谁。

待将满抱中秋月，分付萧郎万首诗。

“双鬟”是古代年轻少女的发式，将头发挽结成两个环形发髻，头上凭空升起两道虹影，看上去活泼可爱。“初合双鬟”应指女孩满十六岁，即所谓“二八”之年。朱家有女，已初长成矣。而十八岁则是当嫁之年，所以二八双鬟之年当是思春望嫁的时候。朱淑真到了这个年龄，刚刚梳起双鬟，就开始学画眉了。

古代女子最具美感的两项闺中事就是梳发与画眉。“双鬟”是诸多发式中最清纯可爱、浪漫天真的一种，曾是未婚少女的特有发式。“画眉”则更有一种妩媚的意绪。古时候红颜女子用在眉上的心思可谓深矣。眉的功能不只是好看，增加美感，还兼有传情的功能，配合着一双澄澈明亮的眼睛，向良人传递脉脉心语。所谓“起眼动眉毛”“眉目传情”即是此意。女孩子开始学画眉的时候，一定就是她春心萌动、情窦初开的时候。

闺情岁月，情窦初开，对爱情的美丽憧憬在生命中悄然萌

动，这首词很真切地展现了花样少女对爱情的朦胧感悟与追求。她的爱情理想是诗女配才郎，她所期待的意中人是史上传颂的萧郎式人物。她从不看重门当户对，要的是情投意合和志趣相同。

在她诗女配才郎的爱情理想中，没有谦卑恭顺，没有柔弱依附，在她看来，只有才情相当、兴味相投，爱情才算圆满，婚姻才算幸福。这样的圆满与幸福是对未来夫君的美好憧憬，更是对审美理想的率真表达，它不仅显示了深闺才女内心深处对“父母之命，媒妁之言”的无视和悖逆，更显示了在女子囿于“三从四德”对男子言听计从的历史语境中朱淑真所塑艺术形象的非同凡响。

诗中所表露的闺情岁月更为无囿，爱情憧憬更为自觉，婚姻张望更为无忌。她在爱情面前所展现的少女的大胆和率真，让她所塑造的不是封建礼教束缚下低眉俯首的纤弱女子。她笔下的女子虽居于深闺却不囿于深闺，能够突破规约，勇敢地抬起头，用自己的眼睛和心灵去张望，张望自己的花样年华和花样年华里的美丽爱情。

少女情怀总是诗。她在青涩时光里，幸福地猜想着：她的心事将属于谁？哪个男人将俘获她的芳心呢？她在期待，期待着一场爱情。她的郎君，应俊朗儒雅、满腹诗文、多情体贴。白天，花前柳下，吟诗对句；晚上，红绣帐里，两情缱绻。

伤心初恋——恩爱方深奈别离

春巷夭桃吐绛英，春衣初试薄罗轻。风和烟暖燕巢成。

小院湘帘闲不卷，曲房朱户闷长扃。恼人光景又清明。

——《浣溪沙·清明》

春天的街巷里，桃花灼灼开放。朱淑真刚刚换上轻薄凉爽的春衣，想去街上游玩。那吹面的软风、树梢上升起的袅袅轻烟，令人感到心情舒朗。屋檐下，啁啾飞过的燕子衔泥筑起了小巢。然而，她却走不出这深深庭院，湘帘低垂，朱户长闭，回廊曲折幽深。锁住了她的人，也困住了她的芳心。外面的明媚春光多好，可是一到清明后就再也看不到了。而此刻，外面的世界正千花竞放，姹紫嫣红。春的韵幽，春的丽致都与她无关。人何堪，这份凄清，这份孤寂与落寞？

但是怀春少女的这份孤寂没有持续多久，就被打破了。她的萧郎出现了，那是一位寄住在她家里的少年，他才貌出众，来京城读书应试。

第一次见面，是在一个诗会上。父亲为了欢迎这位才子，特

意在西湖举办了一场诗会。

朱淑真有幸参加了这个诗会。

她作了一首诗——《湖上小集》来记述这件事：

门前春水碧于天，座上诗人逸似仙。

白璧一双无玷缺，吹箫归去又无缘。

所谓的“湖上”，应该是西湖。西湖是文人们心中的后花园，在西湖之滨，以诗会友，以酒佐兴，应当是风雅之事。

正是春光明媚时节，天朗气清，惠风和畅，杨柳轻柔，湖水碧绿。那些士子书生雅集一处，在这众多的书生士子中，有一位气质高华、飘逸不俗的年轻诗人让朱淑真特别注目。“座上诗人逸似仙”，一个“逸”字透露出朱淑真心中神往的男子形象。

那一次的遇见，是人生中最美丽的邂逅，却也是一段凄凉的开始。在那个人生的多情季节中，多少次痴情盼望，只为赢得他的一次回眸。

半檐斜月人归后，一枕清风梦破时。

无奈梨花春寂寂，杜鹃声里只颦眉。

——《春夜》

若不能与他再次相逢，朱淑真便祈求能在梦里与他相遇。一面之缘，他还会记得自己吗？相思使得原本娇媚明艳的朱淑真面容憔悴，萎靡不振，全然没有了二八佳人的青春活力。也不知何时起了一阵风，且兼细细雨丝，院里的梨花开始凋落。这让多愁善感的朱淑真更加伤感。

一轩潇洒正东偏，屏弃嚣尘聚简编。
美璞莫辞雕作器，涓流终见积成渊。
谢班难继予惭甚，颜孟堪晞子勉旃。
鸿鹄羽仪当养就，飞腾早晚看冲天。

——《贺人移学东轩》

他们已经开始书信往来了。这是朱淑真写给那位寄居在她家的书生的。从这首诗里可以看出，他们两人已经相互爱慕，暗生情愫。

“东轩”坐落在朱宅东边，建筑风格很是空敞洒脱，不拘一格。这里远离世俗尘嚣，远离人间浮华，显得清静自在。屋子里只有古籍典册，翰墨书香，清幽绝尘，可见是个读书的好地方。

“美璞莫辞雕作器，涓流终见积成渊。”“美璞”是指具有良好质地但未经雕琢的玉石。美好的璞玉就不要放过被雕琢成精致玉器的机会，涓涓细流积少成多终会形成渊深的大川。这两句

诗说得十分恳切，朱淑真坚信，只要经过不懈的努力，她的心上人定会在那三年一次的科考中金榜题名。这正表现出了朱淑真热情、善良的性情，其中也不免有几丝对这位书生的钦羡与爱慕。

“谢班难继予惭甚，颜孟堪睎子勉旃。”这两句诗连用了四个典故。“谢班”中的“谢”指东晋时以咏雪“未若柳絮因风起”而著称的才女谢道韫；“班”应是指班昭，东汉史学家班彪之女、班固与班超之妹，博学高才，是中国第一个女历史学家。这里朱淑真是说谢、班两位才女之后无人能继，她非常惭愧。“颜孟”分别是指孔子的弟子颜回和儒家亚圣孟子。这一句是勉励心上人要多加努力，成为颜回、孟轲那样的人物。

“鸿鹄羽仪当养就，飞腾早晚看冲天。”她相信，只要努力，自己的心上人，有朝一日也能像展翅的鸿鹄一样，一飞冲天。她坚信心上人那冲天飞腾之日迟早会到来。这最后一句是对心上人很热切的鼓励和期勉。

闲将诗草临轩读，静听渔船隔岸歌。

尽日倚窗情脉脉，眼前无事奈春何。

——《春日即事》

姿色秀丽的少女手拈一张诗笺，独倚窗前，托腮凝眉，细细地吟咏着诗句。不时抬起头静静去听那江里渔船上远远传来的歌声，眼里掠过一丝忧郁，她感到眼前的春色又将逝去，不禁神伤。

那么，朱淑真手里的诗草是谁写的？她“临轩”而读，这个“轩”字一意为“窗”，一意为“轩阁”，所以可以解为“临窗”而读，也未尝不能解为“临东轩而读”。同时，诗稿可能是她自己创作的，也可能正是东轩里的那个书生所写。她和他住得近，一开窗也许就能看见。所以“尽日倚窗情脉脉”一句顿将当时情景呈现，是实写她的情事和心事。“眼前无事奈春何”，这段感情对她来说还是有些虚幻和渺茫。

淡红衫子透肌肤，夏日初长水阁虚。
独自凭栏无个事，水风凉处读文书。

——《夏日游水阁》

雪肤花貌的朱淑真一身轻透的淡红衫子，携着诗书来到了水池边的楼阁里，静静地凭栏观水，迎着乍凉的水风读书。这真是一幅美丽少女的倩影小照。正是这首《夏日游水阁》的小诗，让朱淑真鲜活起来，以一袭淡红衣衫的美丽少女造型，定格出了一个宋代女子闺中形象。

淡红衫子透肌肤，如此轻薄飘逸的夏日红衫，能看见雪白的肌肤，任谁见了也会动心，恰如李清照的“绛绡缕薄冰肌莹，

雪腻酥香”。夏日里，女孩子打扮得这般漂亮，还独自到水阁凭栏吹风，在“水风凉处读文书”。这“文书”在古时一般作“书信”之意。那么，这是谁写的“文书”，为什么不在闺房里读，而是独自一人跑到水边的阁子里读？“文书”会不会就是东轩那位书生所写？或许这时，朱淑真刚接到了他的书信，所以趁大家都在午睡一个人躲到这僻静的水阁边，读了一遍又一遍。

温温天气似春和，试探寒梅已满坡。

笑折一枝插云鬓，问人潇洒似谁么？

——《探梅》

冬去春来、乍暖还寒的天气，朱淑真兴致勃勃地来到了郊外，只见那梅花已经开遍了山坡。于是，她笑着折了一枝寒梅斜插云鬓，然后问同行的人：“看，我漂亮吗？”诗中的语言欢快活泼，色彩亮丽，有种抑制不住的兴奋和快乐。这个折花插云鬓的动作，这笑问别人自己是否漂亮的语气，恰似李清照的“云鬓斜簪，徒要教郎比并看”。这一插花，一笑问，都是有所寓意。女为悦己者容，也为己悦者容。可见，朱淑真的兴奋和快乐既是对春天到来的欣喜，也肯定与同来的人有关。这样一来，似乎可以肯定，这同行探梅的人就是那位东轩的书生。只有他在，少女朱淑真才会感到“温温天气似春和”，才会忍不住“笑折一枝插云鬓”，才会笑着“问人潇洒似谁么？”就像有些性情温和文静的女孩子会忽然话多起来，有些活泼开朗的女孩子会忽然沉静下来，不用说，一定是因为有了心事。

春闱报罢已三年，又向西风促去鞭。
屡鼓莫嫌非作气，一飞当自卜冲天。
贾生少达终何遇，马援才高老更坚。
大抵功名无早晚，平津今见起菑川。

——《送人赴试礼部》

这诗应该就是朱淑真写给那位有些才气、有些潇洒，又有些贫困的意中人的了。因为他即将远行赴京应试。

唐宋礼部试士均在春季举行，故称“春闱”。在这首诗里，朱淑真鼓励他屡次落第后不要灰心丧气：“屡鼓莫嫌非作气，一飞当自卜冲天。”并且以西汉贾谊、东汉马援的境况相勉励。贾谊虽才华横溢、少年得志，但自从被汉文帝贬往长沙后一生坎坷；马援虽到老方才有施展才华的机会，却功成名就，扬名青史。她希望书生此去赴试，不计从前的挫折，定能金榜题名。从这首诗可以看出，朱淑真不仅感情丰富细腻，对失意之人也善做安慰和鼓励。这也说明，她是多么渴望这位书生能够一展才华，金榜题名，使自己终身有托。

此外，她还写有一首《春日亭上观鱼》：

春暖长江水正清，洋洋得意漾波生。

非无欲透龙门志，只待新雷震一声。

鱼儿漾上水面带起水波，一点点，一圈圈，荡漾开去。它并非没有一跃龙门化龙而去的志向，只是在等待那一声春雷。

朱淑真的这首诗也是鼓励心上人的。她以鱼化龙的非凡追求来激励书生奋力一搏，赢取功名。“只待新雷震一声”，新雷起处，自是大地苏醒、万物争春的一派新气象。那时，也将是她和书生洞房花烛、有情人终成眷属的时刻。朱淑真对他一再鼓励，希望他能够金榜题名，一飞冲天，然后风风光光地抬着花轿来迎娶自己。

然而，故事的结局不是这样。金榜上并没有心上人的名字。不仅仅是一飞冲天的祈盼破灭，他无颜面对为他提供优厚条件的朱家父子，更是枉费了佳人的满心期待。于是，他选择了不辞而别，从此杳无音信了。

所嫁非人——哭损双眸断尽肠

朱淑真约在二十岁时出嫁，婚后曾随夫宦居在淮越华南、潇湘一带。父亲原本也是期望朱淑真能与自己的那位学生结为夫妻，只可惜，他不告而别了。朱淑真那时的年龄已有二十，这对于宋朝人来说，已经是老姑娘了，年龄越大，越不好婚嫁。于是父亲有些着急，急急忙忙就把她嫁出去了。南宋魏仲恭的《断肠诗集序》中这样记载："早岁不幸，父母失审，不能择伉俪，乃嫁为市井民家妻。"

经后人考证，朱淑真的丈夫并非什么市井小民，而是一名官吏。但这样的夫婿与朱淑真理想中的夫婿是有很大差别的。朱淑真的丈夫是一个小官吏，朱淑真所不满于他的，并不是财与势，而是才学不能相称，心灵无法沟通。其丈夫热衷于名利，不事文艺，性格与朱淑真相去甚远。

新婚之时，尽管丈夫并不理想，但已成事实，那就只有顺应现实，争取向好的方向发展。因此，刚结婚时，她尽量与丈夫多沟通，以增进夫妻感情。甚至她还对丈夫抱有很大的幻想，希望他心怀大志，功业有成。因此，两人曾经也有一些恩爱的时光。

新婚小别时，朱淑真甚是思念丈夫。闲情无所寄托，她便取来纸笔，为离家的丈夫作诗填词，以寄相思。

据传，她曾作一首“圈儿词”寄夫。信上无字，尽是圈圈点点。她丈夫不解其意，于书脊夹缝中见蝇头小楷《相思词》：

相思欲寄无从寄，画个圈儿替。话在圈儿外，心在圈儿里。单圈儿是我，双圈儿是你。你心中有我，我心中有你。

月缺了会圆，月圆了会缺。整圆儿是团圆，半圈儿是别离。我密密加圈，你须密密知我意。还有数不尽的相思情，我一路圈儿圈到底。

阅信后，她丈夫顿悟了妻子的苦心，遂于次日一早雇船回海宁故里。这首圈儿词既表现了朱淑真的才气，也把她的含蓄幽默演绎得淋漓尽致。

但是，时间长了，丈夫的本性就显露出来了，不学无术、游手好闲，还常拈花惹草、狎妓嫖娼。朱淑真苦口婆心地劝说，丈夫非但没有改邪归正、求学上进，还以恶言恶语、拳脚相加来回答。后来他用钱捐了个官，官升脾气涨，从前的恶习愈演愈烈。

此后，她随夫游宦于吴越荆楚之地，饱经流离之苦。

做了官的丈夫，也没有长进，依旧浑身都是铜臭味。他一心钻营，搜刮钱财，喜爱美色，公事之余就泡在妓院中鬼混。宋代狎妓娶妾风气渐盛，其夫深浸其中，乐不自拔。

和这样粗鄙浅陋之人生活在一起，朱淑真一天更比一天痛苦，她把对丈夫的不满都倾诉于诗中。

从宦东西不自由，亲帏千里泪长流。
已无鸿雁传家信，更被杜鹃追客愁。
日暖鸟歌空美景，花光柳影谩盈眸。
高楼惆怅凭栏久，心逐白云南向浮。

——《春日书怀》

本以为与丈夫相伴一生，他会为她遮风挡雨，会给她一个坚实的臂弯，会呵护她柔弱的心怀。却不料这样的结合只会给心灵无尽的愁烦。因此她的诗词中，有不少自伤所适非伦之作。

鸥鹭鸳鸯作一池，须知羽翼不相宜。
东君不与花为主，何似休生连理枝。

——《愁怀二首》（其一）

朱淑真自比鸳鸯，而把丈夫视作鸥鹭。一个“掬水月在手，弄花香满衣”的诗意女子，和蠢鸥鹭同宿一池，是多么的不相宜。相守却不能相知，于是她发出了“何似休生连理枝”的诘问。而婚姻的悖论，恰恰使一些男女就这样走到了一起，并且生儿育女，携手终老。相处的时间越久，两人的距离越大。朱淑真多才，而丈夫少慧。婚后，朱淑真行事张扬，不避男客，这在丈夫的眼里是有失妇道、不成体统。对于朱淑真吟诗作赋的本事，他也毫无兴趣，更别说花心思与她对月赏花、把酒谈心了。于是，性格志向相去甚远的他们，情感的沟壑越来越大。朱淑真每每想到，都悲不自胜，暗自洒泪。她的满腹委屈无处诉说，只得默默忍耐。最终，两颗原就不和谐的心，离得越来越远。才情变成了孤高，风雅变成了有伤风化，而朱淑真的诗情画意，在丈夫的眼里也成了不可理喻。

在《圆子》中，朱淑真又写道：

轻圆绝胜鸡头肉，滑腻偏宜蟹眼汤。
纵有风流无处说，已输汤饼试何郎。

朱淑真在这里自比轻圆滑腻的圆子，而慨叹丈夫不是面如傅粉的何郎。这两首诗把她彩凤随鸡、所嫁非偶的怨恨之情表露得淋漓尽致。丈夫果真浅薄不堪，他竟然不知作诗的妻子写下轻滑的圆、废弃的鸡、敷了粉的何郎，还有决定胜负的“汤饼”等是何用意。这样一个吟咏“绿杨影里，海棠枝畔，红杏梢头”诗意而妩媚的女子，如何和一个满身铜臭、不解风情的男子携手终老？人生的悲哀莫过于鸳鸯枕上不同梦，看着熟睡在身边的男子，只能伤情地吞咽泪水。波光山水，丈夫不擅诗词，不能和她同赏共吟，朱淑真只能独自吟咏诗词佳句。最悲哀的爱情莫过于同床异梦，这是多么撕裂人心的痛楚！

言为心声，朱淑真的诗词里便多有忧伤怨恨之语。她的丈夫虽然学识浅薄，不擅赋诗填词，但还看得懂，其中的幽怨常常令他十分恼火，觉得有失他的面子和尊严，因而不许朱淑真再写什么诗词，要她有时间就多做些女红。为此，夫妻之间常常口角不断。弥漫着火药味的日子实在难熬，朱淑真觉得自己再也无法与丈夫相处下去了，于是大胆地提出分房而居。

土花能白又能红，晚节由能爱此工。

宁可抱香枝上老，不随黄叶舞秋风。

——《黄花》

朱淑真是个鄙夷礼教、敢作敢为的女子。然而，这在丈夫眼中，在社会舆论中，却又是一个不守妇道的证据。

而且分房而居之举，更是给丈夫的放纵提供了借口。因了应酬和公务的由头，他开始彻夜不归。即使回来，他面对她的询问和抗议也一概充耳不闻。他不仅频繁地光顾烟花柳巷，更为过分的是，他还明目张胆地将一个十分妖冶的青楼女子娶回家，当着朱淑真的面调笑取乐，根本不把她放在眼里。尽管朱淑真并不爱自己的丈夫，甚至极其厌恶，但他如此行为却深深地刺痛了朱淑真。因为这意味着，她被丈夫彻底抛弃了！独守空帏的痛楚让她在《寓怀》(其二)中写道：

菊有黄花篱槛边，怨鸿声重下寒天。

偏宜小阁幽窗下，独自烧香独自眠。

篱边栏旁的菊花正展枝吐芳，失偶的孤雁哀鸣着从寒空飞过。在这样的情形之下，最适宜的就是蜷缩在楼阁的寂静窗下，独自一人烧香，独自一人就寝。

朱淑真接受不了与青楼女子共侍一夫，她的表现在丈夫的眼中就是善妒，善妒就是不贤惠，除此之外，朱淑真的不育在公婆的眼里也是最大的忤逆。丈夫的冷漠、公婆的冷语、下人的怠慢，如一把把尖利的刀刺向她，她不堪忍受，却又无力更改。

她在《秋夜有感》中又写道：

哭损双眸断尽肠，怕黄昏后到昏黄。

更堪细雨新秋夜，一点残灯伴夜长？

因愁肠寸断极度悲伤，以致把一双美丽的眼睛都哭坏了。她本就十分害怕独自面对那昏黄的浓重暮色，何况今夜还下着霏霏的细雨，更使人倍感寂寞与凄凉。那孤单的身影也只有与一点儿残灯相伴，才能度过这漫长的秋夜。

朱淑真作如此凄绝之语，却无人怜惜她，这是更为可悲处。

寒食不多时，几日东风恶。无绪倦寻芳，闲却秋千索。

玉减翠裙交，病怯罗衣薄。不忍卷帘看，寂寞梨花落。

——《生查子·寒食》

寒食次日清明，正是群芳逞艳、春色满园、景物暄妍的好时节，但她却用“东风恶”来形容。她对于踏青寻芳之事已全然无心绪，她的慵懒正是孤独惆怅和失望的体现。要知道，朱淑真的天性是热爱大自然的，她“家有东园、西园、西楼、水阁、桂堂、依绿亭诸胜”，她少女时代也写过不少诸如“闲步西园里，春风明媚天……踏草青茵软，看花红锦鲜”这样的诗句。婚姻的不幸让她陷入了痛苦的深渊不能自拔，对景无处不断肠，连心爱的秋千也已闲置多时了。此时她形容憔悴，柳眉细眼，削肩长项，面容清癯，腰肢瘦损……衣裙显得很宽大，她诸病缠身，清明已过，着罗衣担心太薄，窗外的景色已不忍去看，只能让淡淡的梨花寂寂飘落无人问。

再续前缘——娇痴不怕人猜

朱淑真从来不是委曲求全的人，不会向丈夫妥协，更不可能放弃自尊去讨好自己的丈夫。于是在丈夫再一次被调往别处任官时，她借口身体不好，提出要回杭州养病并探望双亲。

而丈夫自从有了新欢，就嫌朱淑真碍手碍脚，更何况她也没有生个一男半女，是走是留、是死是活都无关紧要。于是事情出奇顺利地解决了，丈夫带着小妾远游赴任，而朱淑真则独自回杭州娘家暂居。

春已半，触目此情无限。十二栏杆闲倚遍，愁来天不管。

好是风和日暖，输与莺莺燕燕。满院落花帘不卷，断肠芳草远。

——《谒金门·春半》

春光已匆匆过去了一半，目光所及，繁花凋落，春天将要逝去。她整日斜倚栏杆，徘徊眺望，伤春逝去的愁怨袭上心头，上苍也无法帮她摆脱。

落花满地，垂帘未卷，不忍看那花落春残的景象。只有那幽幽碧草连天而去，浩茫无际，望之令人断肠。锦瑟年华里，那些人那些事纵然当时多么缠绵悱恻，都抵不过指间的光阴，在时光的流转中渐行渐远。

人世苍凉难猜度，伫立薄薄寒，十二栏杆空倚遍，魂里梦中，远山望断，不见情郎面。空把悲凉寄彩笺，字字行行都无情。

“春已半，触目此情无限。”暮春时节，花落红飘，流水无情。在一个落寞伤感的女子眼中，触目皆是伤心景象。这一句令人想起李煜《清平乐》中的“别来春半，触目愁肠断”。她登上高楼，愁情满怀，竟倚遍了那十二道栏杆。“十二”极言其多，未必是确数。女子倚栏看那花开花落，满眼满怀都是香消玉殒与年华渐逝的感伤。倚遍栏杆，愁苦难当之际，这弱女子不禁发出了“愁来天不管”的叹息和怨嗔，苍天，你怎么如此冷漠无情！此语尽现朱淑真心中愁意之深广。可见，她心中已是心乱如麻，近于绝望。

回到娘家的朱淑真，重温了父母兄嫂的关爱，但这却不再是她做女儿时的家了，在娘家只能是暂居或寄住。楼阁还是以往的楼阁，却已物是人非。对丈夫的怨恨和失望，让早已被朱淑真埋藏在心底的初恋情人时不时地浮出。她很想知道初恋情人的情况，经过多方打探，终于有了一些眉目：初恋情人在一个离她十分遥远的地方谋生，与她分手后，忧伤过度，至今仍孤单一人。

这消息在朱淑真心里就像点燃了一把火，燃烧的结果是理智

决堤、旧情复萌，她急切地想同初恋情人见上一面。

秋声乍起梧桐落，蛩吟唧唧添萧索。欹枕背灯眠，月和残梦圆。

起来钩翠箔，何处寒砧作。独倚小栏杆，逼人风露寒。

——《菩萨蛮》

秋风忽然吹起，梧桐叶纷纷飘下，蟋蟀的叫声更增添了秋天的萧索。背向油灯依枕而眠，希望重续旧梦，可是翻来覆去怎么也睡不着，只得起来挂起翠绿色的帘子听见远处传来寒夜捣衣的砧声，她再一次倚靠在栏杆上面，也顾不得夜晚逼人的寒风与冰凉的雨露了。朱淑真心绪的凄凉以及渴望与初恋情人重续旧梦的心愿，通过秋景的萧索、秋夜的凄凉，极为鲜明地表现了出来。

几乎同时，朱淑真的初恋情人也听说了她婚后的种种不幸，于是便借春节到杭州探亲之际来到朱淑真的身边，希望能给予她一点儿慰藉。

一切顺埋成章，整个春节期间包括元宵后的二十多天，他们频频约会，结伴出行，尽情地感受相爱的甜蜜快乐。

火烛银花触目红，揭天鼓吹闹春风。

新欢入手愁忙里，旧事惊心忆梦中。

但愿暂成人缱绻，不妨常任月朦胧。

赏灯那得工夫醉，未必明年此会同。

——《元夜三首》（其三）

元宵之夜的灯火分外明艳，火树银花光亮耀眼，乐舞欢歌，锣鼓喧天。今夜与初恋情人相会，朱淑真在哀愁里又重新获得了失掉多年的欢乐，真是又惊又喜，竟然手忙脚乱起来。一想起过去的伤心之事，令人惊心不已。愁绪悄悄地袭来，让朱淑真伤心痛恨往事犹如噩梦一般。但愿暂时拥有这份缠绵，即使和他的未来像月一般朦胧又有何妨。唯有希望这元夜的月色一直朦朦胧胧，好让她与心上人多些柔情缠绵的时刻。哪有工夫去赏灯和欣赏美景啊，因为谁也无法肯定明年是否还有这样甜蜜的聚会。

朱淑真非常直白地写出了与初恋情人情意绵绵、难分难舍的情景。“但愿暂成人缱绻，不妨常任月朦胧。”这句极为鲜明地表现出朱淑真对纯真爱情的大胆追求。然而离别还是来临了，令朱淑真愁肠寸断。情人离开后，朱淑真又恢复了以往的孤独寂寞，好在她现在拥有了一份相思相恋，半年后，情人又来到了杭州。他们相约来到花红柳绿、莺歌燕舞的湖畔，情思缱绻，极尽欢乐。

恼烟撩露，留我须臾住。携手藕花湖上路，一霎黄梅细雨。

娇痴不怕人猜，和衣睡倒人怀。最是分携时候，归来懒傍妆台。

——《清平乐·夏日游湖》

这首词记述了相会的喜悦：湖面上烟雾缭绕，花草树木上都带着晶莹的露珠，这个夏天，西湖的荷花开得极盛。景色非常迷人，朱淑真和他手牵着手，漫步赏荷。一袭青衫的他，牵着她的手穿越红尘俗世的迷茫。这一路虽无语，却听得见彼此怦怦的心跳。紧紧跟随着他分花拂柳，走遍那湖岸柳林，这是她今生孤独等待中所梦想的最美情节。

这时突然下起了蒙蒙细雨，烟轻露重，黄梅雨细。雨滴落到荷叶上，纤弱的花儿不住地摇曳。这绵绵黄梅雨，牵动她多少甜蜜心绪。所幸一路有他，有他一路握住她今生今世的美丽与哀愁。湖光山色间，他们冲破世俗的各色目光，即使伤得支离破碎，她也要奔向他的方向。

他们躲到避雨处继续互诉衷肠，她再也按捺不住爱的激情，在这浮世红尘里，和衣卧倒在他的怀里，用一生的痴情守望。时光的脚步，请你走得慢些，再慢些；这绝美销魂的一刻啊，请你长一些，再长一些，好让她清清楚楚地记住他的容颜和气息，生生世世都不要遗忘。

她微微地闭上眼睛，静静地贪恋这一瞬间的温暖。在他的怀抱里，她感觉自己是那样娇弱无力，那样需要一个宽容而温暖的怀抱。别在意那些花儿的悄语、鸟儿的轻笑，投入地醉一次吧，尘世间这绝美的一瞬，这难忘的一瞬在她的心中将化为永恒。这一刻，天地间，只剩下他们两个人。谁会为谁停留，谁会为谁等待，谁会为谁憔悴？山长水阔，云淡风轻，珍重这一场别离吧，珍重一生。记住此时此刻她所绽放最美的容颜吧，约定今生今世、梦里魂里永远相守。

然而，如烈火般的热恋，转瞬便宣告结束，他们必须离别，这是最难过和最无奈的时刻。握别他的手时，她心底惨然，脸上却微笑如西湖里的白荷。还是从容地放开手吧，让她优雅地在他的凝视下渐渐走远。

她回到了家里，顿觉慵惰不堪，再也没有心情去梳妆打扮了。闲倚妆台，茫然若失。菱花铜镜里，满是她的慵困与伤感。

这个大胆的女子，这个刚强的女子，以自己的行动向世俗宣战。她不怕流言蜚语，一任爱情的火焰燃烧。有人说：“在那样的一个时代，一个女子敢于如此淋漓尽致、毫不掩饰地写出这样的词句，无疑是内在情感世界中的爱的倔强外化，是生命内驱力的呈现。这种向外喷射的激情，成了旷日持久的内心压抑的补偿、一种挣脱内心束缚的强烈的冲动。”

但那时，这种宣战注定是要失败的。她的悲剧已经注定。

悲剧注定——泪湿春衫袖

深闺寂寞带斜晖，又是黄昏半掩扉。

燕子不知人意思，檐前故作一双飞。

——《观燕》

黄昏时分，半掩门扉，往外看去，只见斜阳依依，檐前燕子双双飞过。朱淑真暗叹这燕子不通人意，明知自己现在和心上人无法再通音讯，孤独落寞，偏还在眼前成双入对地飞来飞去。有时，她看见它们在空中毫无顾忌地追逐嬉戏，那份浓情蜜意令她也感到羞怯，而它们的真爱却让她羡慕。在爱巢还没垒好、乍暖还寒的春夜里，她看见两只可爱的鸟儿停在屋檐下，紧紧地挨着，互相温暖着过夜。而新的燕巢就是燕子的婚房，在暖暖的春日里，在和煦的春风里，它们甜蜜幸福地生活着。

停针无语泪盈眸，不但伤春夏亦愁。

花外飞来双燕子，一番飞过一番羞。

——《羞燕》

已是夏天，正在刺绣的朱淑真听到外面燕子啁啾的叫声，不觉停下了手里的针线。等燕子飞远了，她才渐渐平复了自己的心情。不料，刚没多久，那对燕子又飞回来了，在屋檐下亲亲密密，挤挤挨挨，互相啄着修理羽毛。

这情形让她禁不住又感到一阵酸涩，想起了雨中游湖时的甜蜜时分。“娇痴不怕人猜，和衣睡倒人怀”，一丝羞涩又让她脸生红晕。

平波浮动洛妃钿，翠色娇圆小更鲜。

荡漾湖光三十顷，未知叶底是谁莲。

——《新荷》

强烈的思念让朱淑真又来到了西湖之畔。无边的烟雨中，她独自撑一把素洁的伞，在湖畔款款而行。湖面上浮动着翠绿色的点点新荷，娇小嫩圆，玲珑可爱，仿佛是洛妃的头饰碧玉钿。那波光荡漾的宽阔湖面上，不知荷叶底下是谁家的莲？朱淑真想，湖光滟滟，命运如船儿信水而流。如果就那么静静地随着流水转，那么她和他会不会就此轻轻擦身而过，在彼此的世界不会留下任何痕迹，就像不曾有那场相遇？“荡漾湖光三十顷，未知叶底是谁莲。”这首诗中的“莲”也就是“爱怜”的双关语。

朱淑真想到渺茫的未来，禁不住愁肠百结，缱绻难消。她与心中的那份爱虽隔着万座山，但他们的心是相通的，她的心此刻是暖暖的，仍然在深情渴望他款款地揽她入怀，心已醉，美梦当须留。朱淑真把那颗莲心尘封在深处，做永久的停留。

巧云妆晚，西风罢暑，小雨翻空月坠。牵牛织女几经秋，尚多少、离肠恨泪。

微凉入袂，幽欢生座，天上人间满意。何如暮暮与朝朝，更改却、年年岁岁。

——《鹊桥仙·七夕》

在晴朗的夏秋之夜，天上繁星闪耀，一道白茫茫的银河横贯南北，天河的东西两岸各有一颗闪亮的星星，它们隔河相望，遥遥相对，那就是牵牛星和织女星。古往今来，有许多诗人写诗吟咏牛郎织女的传说，如李白："银河无鹊桥，非时将安适。"李洞："若能携手随仙令，皎皎银河渡鹊桥。"《鹊桥仙》的调名就来自于此。其中，以秦观词最为经典："纤云弄巧，飞星传恨，银汉迢迢暗度。金风玉露一相逢，便胜却人间无数。柔情似水，佳期如梦，忍顾鹊桥归路。两情若是久长时，又岂在朝朝暮暮？"朱淑真的这首《鹊桥仙》就是从秦观的这首词意翻新而来：纤巧的云彩装点着晚景，西风里暑气渐消，不时有小雨滴落，月儿在天际坠悬。那么，几经反复等待的牵牛与织女，心中还有多少离别的恨与泪呢？他们在七夕之夜终是团聚了，微凉的风吹入衣袖，幽会之欢风生水起。对于这样的安排，这样的团圆，天上人间自然都满意。

天上满意于他的宽容，终究给了牛郎织女一次七夕相会的机会，否则便永远不得相见。人间也满意，牛郎织女通过自己的抗争终于赢得了一次七夕相会的机会，还有什么可奢求呢？但末句笔锋一转，朱淑真表示自己并不满意这个看似幸福美满的结局。这首《鹊桥仙》表达的就是朱淑真自己的爱情观。“两情若是久长时，又岂在朝朝暮暮”赋予了牛郎织女爱情永恒的意义，但是这份永恒好吗？死亡是永恒，可谁都不想要，而一年一次鹊桥相会的爱情是永恒，朱淑真也不想要。

她对秦观的“又岂在朝朝暮暮”提出了大胆的反问：“何如暮暮与朝朝，更改却、年年岁岁？”为什么本来朝朝暮暮、形影不离、互相依偎的爱情，却被更改成了年年岁岁只能见一次面呢？既然是忠贞不渝、至死不休的爱情，那为什么不能每一天都厮守，只能在每年的七夕相会呢？爱情需要考验，但爱情更需要厮守，需要两人朝朝暮暮的灌溉。这是朱淑真所坚持的爱情观。由此，朱淑真也表明了她对于这场爱情的态度，那就是她希望与心上人朝夕相处、天天相拥。

朱淑真还作过两首题为《七夕》的七绝小诗，其一为：

三秋灵匹此宵期，万古传闻果是非。

免俗未能还自笑，金针乞得巧丝归。

农历七月初七，又叫“七夕”，被称为中国的情人节。“三秋”，谓秋季三个月，即整个秋季；“灵匹”指神仙匹偶，牵牛、织女二星。“三秋灵匹此宵期，万古传闻果是非？”长久以来，人们都认定七夕这个夜晚是牛女相会之期。这首诗的头两句提出了质疑：这自古相袭的古老传说是真的吗？她以理性眼光去审视古老的七夕故事，关注世俗生活。“免俗未能还自笑，金针乞得巧丝归。”“自笑”是自悲、自叹、自悔，是出自伤心人的肺腑之语。“巧丝归”系双关语，“丝”即“思”，是“免俗未能”的结果。尽管朱淑真不是很相信民间传说，认为“牛郎织女七夕相会”这个万古传闻其实不一定真有，但她仍然未能免俗，还是一边自笑自叹，一边拿出了金针来乞求织女赐巧丝。

另一首《七夕》诗为：

拜月亭前梧叶稀，穿针楼上觉秋迟。

天孙正好贪欢笑，那得工夫赐巧丝。

这首诗在《宋元百家诗》中作：“金井西风梧叶稀，穿针楼上月光微。天孙也趁今宵约，不赐人间巧样丝。”语句稍有差异，但意思相同。秋天来了，梧桐的叶子也渐渐飘零，月亮也更皎洁了，人们因盼望着七月七日的到来而感慨时光过得太慢，但那正是织女一年中难得团圆的一天，说不尽的卿卿我我，享不完的男欢女爱，她还怎么能顾得上为民间送巧呢？是呵，牛郎织女聚少离多，一年一见，正该趁良辰美景倾诉离愁别绪，哪有时间和精力管这人间“乞巧”之事呢？

传说七月初七鹊桥会，织女牛郎一相逢，民间的姑娘媳妇们便在这时乞巧。朱淑真却认为这一良宵对牛女夫妻来说弥足珍贵，难道还有空去顾及人间的乞巧诸事吗？诗中流露出她对夫妻天伦的深深向往，这也是推己及人、设身处地的一种理解。对于这首诗，香港女学者黄嫣梨分析说：“这里说出女子之拜织女，乃盼望织女恩赐良缘，因急于拜祭，又恐佳期延误，故觉秋迟也。然而织女一年一见，哪得工夫赐人巧丝呢？写法亦极坦率，直道女儿心态，在古代的妇女创作中，极为少见。”

然而，就是认为织女没有工夫赐巧、认为牛郎织女七夕相会传说非常可疑的朱淑真，也还是不能免俗。看，她也加入了乞巧女子的行列。这也许暗示了她最终无法抗拒世俗的力量，最终接受了命运对自己未来的安排。这种内心真实情感与外界习俗压力的矛盾，也预示了朱淑真未来的悲剧命运。朱淑真只能在孤单寂寞中守着所谓的妇道，最终以自杀求得了解脱。

人言可畏——月在梧桐缺处圆

朱淑真与初恋情人之间的交往，招致了亲朋、邻居甚至毫不相干的人的非议与谩骂，他们视朱淑真为淫妇，是不守妇道的女人。她毕竟只是一个弱女子，无法承受这压力，也曾以诗词为武器极力地申辩，然而她的声音实在太微弱了，瞬间便被淹没在排山倒海般的声讨声中。为了避人耳目，他们见面的次数不得不少而又少，相聚的时间也愈来愈短。

风光紧急，三月俄三十。拟欲留连计无及，绿野烟愁露泣。

倩谁寄语春宵，城头画鼓轻敲。缱绻临歧嘱付，来年早到梅梢。

——《清平乐》

朱淑真这首《清平乐》是非常独特的一首词，写的是农历三月三十这一天，春天的最后一个尾巴。

词的起句十分奇崛："风光紧急，三月俄三十。"春天的风光以“紧急”来形容，很是警奇。后又紧补一句“三月俄三十”，三月里俄顷间又到月末三十日这天了，语气间自有一种“救春如救火”的紧迫气氛。在三月三十日这个临界的日子里，春天就要远行、消逝了。

“拟欲留连计无及，绿野烟愁露泣。”春天被设想为即将远行的游子，而大自然的绿野烟露等诸多风物都急欲挽留。暮春时节，红瘦绿肥，树木含烟，花草滴露，都似为无计留春而感伤呢。其实，这都是词人自己留春不住的感伤心情之流露。

“倩谁寄语春宵，城头画鼓轻敲。”眼前的“春宵”是春光在世间的最后一霎，然后渐行渐远，需要使者追上去传递词人心意。于是，城头画鼓声就充当了这传语春宵的使者。唐宋时城楼定时击鼓，日击二次，城门随之启闭。所以，这城头画鼓声就代表了时间。请它追着春光匆匆的脚步传达心语，实是奇思妙想。而这鼓声敲得很轻，有一种委婉微妙的感情色彩，有一种温存软语的意味。

“缱绻临歧嘱付，来年早到梅梢。”“临歧”二字更是一种煞有介事的渲染，使送别春天更有人间临歧分手的场面感。最末一句“临歧嘱咐”的缱绻情话是“来年早到梅梢”，这一句说请春天来年早到梅的枝头，颇是耐人寻味。“早到梅梢”实为妙笔生花。百花迎春以凌寒独放的梅花为最早，谓“早到梅梢”，盼归之情急切强烈。朱淑真盼春早归的心情具象化为早梅之开放，

意象极美，使全词结尾处灿然生出一种明丽。这里“春宵”未尝不是一位难分难舍的朋友，一位情意深长的知己。看，又是“拟欲留连计无及”，又是“倩谁寄语春宵”，最后还“缱绻临歧嘱付，来年早到梅梢”，朱淑真俨然是在与一位真心相爱的朋友兼知己依依话别。词意之外，莫非别有寄托？朱淑真的这位朋友，会不会就是她的初恋情人？

朱淑真的婚外恋越传越盛、越传越远，沸沸扬扬地传到了她的夫家。夫家震怒，向朱淑真的父母提出了严厉的交涉，要求限制朱淑真的自由。朱淑真的丈夫怒不可遏地数落着朱淑真不守妇道、写诗辱夫、主动提出分房而居、妒忌小妾、不侍夫君、婚外恋等种种不是。不仅如此，他还愤愤不平地控诉朱家这样一个书香礼仪之家，却养出了一个如此不贤不惠、不讲三从四德的女子。

随着丈夫的恶意指责和大肆攻击，市井间开始流传各种朱淑真背经离道的绯闻，上层社会的卫道士们亦极力抨击她的“大逆不道”。而朱淑真的诗句则在人们添油加醋的谈论中，变成了出轨的铁证。

朱淑真极力地反抗、争辩，根本无济于事。她的大逆之举掀起了轩然大波，她一下子成了众矢之的。她决定不再累及家人，让父母颜面无光。但是，解脱的出口在哪里？朱淑真越来越绝望了。夜深人静，冷雨敲窗，点点滴滴都是夜雨芭蕉的呻吟。听着这凄切的夜雨声，朱淑真恰如那无着飘萍，一由波涛汹涌，任凭雨骤风狂。

婚姻不能自主，爱情不得自由，朱淑真跌入了人生低谷，她决定皈依宗教。她来到一个叫作王道姑的寺庵暂住，跟随道姑烧香念经，以求摆脱尘世的纷扰。

短短墙围小小亭，半檐疏玉响泠泠。

尘飞不到人长静，一篆炉烟两卷经。

——《书王庵道姑壁》

围墙又短又矮，庭院里筑有一座小小的亭台，屋檐下稀疏的竹丛发出清越的声音，好像是在浅吟低唱。这里远离尘世、肃穆宁静，只有盘香的烟雾缓缓上升，伴随着虔诚的诵经声。这首诗表现了朱淑真对世事的心灰意冷以及对黄卷青灯的一往情深。尽管如此，朱淑真在打坐念经的时候还是跑了神，毕竟尘世还有很多令她挂心的人——年迈的父母、初恋的情人。

此时，秋也愁，春也怨，朱淑真的哀伤与孤寂沁入骨髓。

夜久无眠秋气清，烛花频剪欲三更。

铺床凉满梧桐月，月在梧桐缺处明。

——《秋夜》

明明是离愁别绪，诗中竟无一字言愁，而是将清秋冷月作为抒情的依托，将无尽的哀愁通过象征的景物描写和典型的动作刻画含蓄地表现出来。无眠的秋夜是冷寂的，朱淑真将茫茫愁绪置于这寂寂夜空之中，可谓是景因情幽，情缘景发了。

而频剪烛花正是她排遣孤寂的一种方式。这一个无尽之夜她该怎么度过呢？走到床边铺床欲睡，但是，当她的目光停留在满床尽是从梧桐枝叶间洒落的月影上的时候，骤然感到心悸身寒。梧桐渲染了悲剧气氛，秋雨梧桐叶落时的凄凉，梧桐更兼细雨，到黄昏点点滴滴，万般苦痛，无以言说。而月儿无疑加重了心境孤寂凄清的程度。梧桐月影之中弥漫着挥之不去的浓浓哀愁。她寻影而望，最后把目光停留在梧桐枝叶间挂着的月亮上。那是一轮慈祥的月亮，在同情我；还是一轮无情的月亮，在嘲弄我呢？此情此景，怎不叫人愁肠百转，泪透春衫。是否才女多不甘，是否红颜多寂寞？那份落寞孤寂总是如影随形。

朱淑真以“幽栖居士”自号，莫非真应了幽栖意境，果然要一语成谶，她的世界从此尽是阴冷灰暗，只剩下四季转换与花开花落？却是梅花好，雨后清奇画不成，浅水横疏影。拂拂风前度暗香，月色侵花冷。明窗莹几浮无尘，月映幽窗夜色新。唯有梅花无限意，对人先放一枝春。朱淑真病起，眼前俱不喜，可人唯有一枝梅。

朱淑真在苦痛与打击里，仍然沉醉此情难自拔。遥想月下双影，樽前对饮，琴瑟和鸣。到如今，只有独抱琵琶，对着满地梨花，和泪弹。望断茫茫远山，迢迢绿水，终不见回还。任她泪洗残妆无一半。病愁相仍，剔尽寒灯不成眠。曾在夜梦中，云水之间，与君缱绻。奈何夜残梦断，孤苦如昨，愁恨依然。辗转孤枕，再难成眠，空懊恼。朱淑真的处境越来越难，一年三百六十日，风刀霜剑严相逼。她自己先安葬了那份春心。心既死，世间宠辱全当过眼浮云，与她何干？

凄凉赴死——湖水潋滟薄命断

面对丈夫的责难，舆论的压力，朱淑真还是可以支撑下去的。因为她还有希望，有那个让她遭受这一切的冤家。

当希望也破灭了呢?

朱淑真在王道姑庵住了一段时间后，又回到了父母的身边。朱淑真又试图联系那位千里之外的情人。不料没等来情人的问候，又招致了无穷无尽的责难与谩骂，夫家派人前来干涉、问罪，欲置之死地而后快。

而朱淑真的情人，就像科考落榜之后一样，又一次不辞而别。有些人，他的肩膀是撑不起爱情与责任的。

这一打击，让朱淑真彻底地绝望了，她想到了死。

在一个凄风苦雨的晚上，朱淑真出了门。我想，她应当是精心妆饰了一番，她会以一个绝美凄丽的形象离开这个世界的。她来到了湖边，缓缓地、非常从容地走向了湖水的纵深处。

湖中的水潋滟清澈，柔和而温软。这西湖边，曾有他们的欢笑，有雨中的漫步，还有他们的第一次牵手。如果一切可以重来，该有多好！可惜，时光不能停驻。美好永远地消逝了，她拥有的只是一份苦涩的回忆。

那一年，朱淑真大约四十五岁。

凄绝黯然的芳魂就这样归去了，她红尘这一回，美艳动人，又卓然不凡。可惜，从开到谢的过程太过仓促，一如春花只有短短的一季美好与快乐。曾想每日相伴看云霞共晓雾生烟，曾盼执手共沧海月明，海誓山盟言犹在，却不料一程山水，一个人，一段故事早经不起轮回的洗礼，悄然间被青苔覆盖，面目全非！

朱淑真的死并没有引来世人的同情，相反，各种流言秽语纷至沓来，舆论都认为她对夫不忠，不安分守己，失了妇道，有些人把她的生活说成是“桑濮之行”，甚至贬她为“泆女”。朱淑真的父母甚至在女儿死后，把她写的“淫词艳语”一把火烧掉了。

但幸运的是，南宋孝宗淳熙九年（1182年），喜爱她诗词的魏仲恭穿行于钱塘市井之间，从传诵者的口中收辑其部分作品，题名为《断肠诗集》，并为之作序，朱淑真的诗词才得以流传下来。这个生前没有知音的孤寂女子一生的痴情语、伤心话，总算集结成一本《断肠诗集》得以流传后世，让更多的人知道。

在《断肠诗集》的序文开头，魏仲恭说：“比往武林，见旅邸中好事者往往传诵朱淑真词，每窃听之，清新婉丽，蓄思含情，能道人意中事，岂泛泛者所能及？未尝不一唱而三叹也！”

朱淑真《断肠诗集》里的诗词，表现的是发自女性内心的感

受，描写她敏感心思的寂寞生活。朱淑真在自己的作品里建构了一个幽、静、深、远的世界，具有女性诗词作品独有的特色。朱淑真的闺中作品，绝大部分是个人生活的反映。她对大自然时序非常敏感，每天阴晴晨昏的细微变化，都牵系着她的感情脉动，都在她心灵世界投下或浓或淡、或深或浅的影像。

朱淑真在她的花样年华里，对爱情有过期盼和思慕，有过绸缪和热烈，后来却被“羽翼不相宜”的婚姻幻灭了。诚如斯语：“当游离于婚姻之外的爱情在流年中消散，一切曾有的绚烂如同幻觉，绝望成为最后的姿势。这姿势在幽怨悱恻中透着大胆奔放，而这种奔放却像凄美绝世的独舞，眼神里的炽烈和缠绵只是一场幻觉，瞬间绚烂，刹那熄灭。”

闺阁之中，她空有满腹才华，已是一大不幸，错嫁非人，更为不幸。无处诉说，她只得用赋诗填词来排解心中的哀怨。尽管她的作品触动心弦、惹人怜惜，却不被社会认同。封建礼教不断给她施压，于是，她发自肺腑的倾诉便是“不守妇道”，背叛“三从四德”；她真心纯情的抒写，就是有伤大雅之举，为礼教风化所不容。终其一生，处处遭受苛刻对待，敏感的她岂能不郁郁而终？

所以断肠后的她，只有一死。但朱淑真的一生，活得真实，爱得饱满，她清醒地行走在心灵的阡陌之上，渴望与知音携手同游，共度一生。

香港著名学者、《朱淑真传》的作者黄嫣梨女士说：我们今日对朱淑真的研究，不应假借“道学”的规范去曲解事实；我们所要尊重的是真挚的感情与崇高的心态，男女爱慕、情真意诚，是人间的“至情”，朱淑真生于礼教森严、封建思想浓厚的社会中，却敢于大胆强烈地追求诚挚的爱情，实在令人敬佩之至。她的思想可以说已走在时代之先了。

可以说，这既是黄女士对朱淑真的辩言，也是历史对朱淑真应该持有的公允评价。

朱淑真始终没有找到一个可以执手的人，命运把她交付给孤独，她在孤独中断肠，在断肠中死去。她寂寞得如一朵黄花，在纷乱的红尘独舞独歌，演绎着一个人的绝世芳华，一个人的倾城绝恋，一个人的似水流年锦绣华丽，一个人的地老天荒感天动地。

在历史的长河中，有多少人寂寂无闻，被雨打风吹去？大浪淘沙之后，只有极少数的人被历史铭记，朱淑真便是这极少数人中的一个。这可能是命运给这位苦命女子的一点儿补偿吧！她的一生什么也没有，只有一册《断肠诗集》，那是她蘸着血泪写下的。《断肠诗集序》载：“其死也，不能葬骨于地下，如青冢可吊，并其诗为父母一火焚之。”这样一位绝代佳人，连芳冢都没有一座，连在她坟前浇杯薄酒的机会都不给后人留下。斗转星移，不知道那寂寞的芳魂，是否还在江畔徘徊，吟哦她的词句，等待她的知音。

寂寞的笑靥依稀有嫣然的桃色，回眸的惆怅，化成一字一句细细吟哦。借一曲古韵，与君缱绻，寂寞沾衣盈袖，看红尘依旧，惊醒了一个草长莺飞的梦。远山云烟，江边日晚，看我明眸婉转，倾心许君一季的缠绵。箫音袅袅，谁把芳心比婵娟，锦字字字婉约。一江明月，一岸烟柳，一往情深诉与君。一宵缱绻，一笺清泪，相思为君，君可知？

将婚而逝，中途永绝染啼红：张玉娘

含悲无奈中，遥望旧事皆尘染，纫兰独抱灵均操，不带春风儿女花。一腔柔情付流水，倚窗长叹。一寸相思，一纸嫣然。对菱花，镜中时日，消损胭脂无力。天幂幂，彤云黯淡寒威作。寒威作，琼瑶碎剪，乘风飘远。佳人不禁清冷，向谁言着？庭院深沉，宝鼎余香袅。情逐梨云，梦入青春杳。海棠阴，杨柳杪。疏雨寒烟，似我愁多少？

遗落明珠——沧海沉寂一玉娘

她是遗落在沧海桑田里的一颗明珠，也是掩埋在岁月尘埃中的一块美玉。拨开历史的云烟，这位沉寂了数百年的才女，终于又重见了天日。有人说她是才女、豪女、贞女、情女、痴女，总而言之，她是一名奇女子。

她的愁：“海棠阴，杨柳杪，疏雨寒烟，似我愁多少？”

她的苦：“此景谁相问，飞萤入绣床。”

她的凄怆：“关山一夜愁多少，照影令人添惨凄。”

她的哀和怨：“宝镜照秋水，明此一寸衷。素情无所著，怨逐双飞鸿。”

她的情与思：“数新鸿、欲传佳信，阁兔毫、难写悲酸。到黄昏，败荷疏雨，几度销魂。”

她的忧与悲：“独此弦断无续期，梧桐叶上不胜悲。抱琴晓对菱花镜，重恨风从手上吹。”

“闲看蜡梅梢，埋没清尘绝。”这是她的多情。

“朝云暮雨心去来，千里相思共明月。”这是她的衷情。

“自是病多松宝钏，不因宋玉故悲秋。”这是她的痴情。

“流星飞玉弹，宝剑落秋霜。”这是她的豪情。

“仰天坠雕鹄，回首贯长鲸。慷慨激忠烈，许国一身轻。”这是她的爱国情。

她有着一段凄美动人的梁祝般的爱情故事。

她的诗如不染尘埃的冰雪，她的词如独绽幽谷的兰花，她的一部《兰雪集》，写尽无限悲情，她就是张玉娘。

张玉娘，出生在仕宦家庭，曾祖父张再兴，字舜臣，宋淳熙八年（1181年）登进士，为科院左迪功郎；祖父张继烨，字光大，由贡元人士为登人士郎；父亲张懋，字可翁，号龙岩野父，举孝行，为提举官；母亲张刘氏，为人贤淑，年近五十岁才生了玉娘。玉娘因姿容秀美，聪慧绝伦，故为父母所疼爱。玉娘从小过着“永漏报高阁，榴亭出夜筵”“露浓罗袖重，歌遏酒杯传”的富家千金生活，她有两个侍女，一名为紫娥，一名为霜娥，均善笔札。她还蓄养一只鹦鹉，也能知人意，通人性，极灵慧，终日与她为伴，号曰“闺房三清”。

和其他才女一样，她也是自幼饱览群书，聪慧过人。她从小受儒学文化教养与熏陶，父亲教她读《孝经》《女训》，她博闻强记，过目成诵，长大后善作诗词，远近有名，时人曾经将她比作东汉大家班昭。明嘉靖王诏在《张玉娘传》中记载：“张玉娘，字若琼，号一贞居士。天生丽质，聪慧异常，所作文章诗词震惊一时，时人以班大家（班昭）比之。”

后人将张玉娘与李清照、朱淑真、吴淑姬并称宋代四大女词人。她们虽为女儿身，但横溢的才华不亚于李杜。张玉娘的作品由她的族孙张献收集整理，合刻为《兰雪集》，留存诗词一百余首，其中词只有十六首，有人称《兰雪集》为李清照《漱玉集》后第一词集。

这个冰清玉洁的奇女子，文学造诣极高，她的诗体裁多样，有绝、律、四言、六言等，且长于古风。她的作品题材非常广泛，不像其他才女那样大多是闺怨春愁。这种没有局限性、意境开阔的风格实在是难能可贵，连李清照在这方面也稍逊一筹。

然而她才丰而运蹇，未尽其才，将婚而逝，事追“梁祝”，一生充满了痛苦与坎坷。

张玉娘的人生悲剧源于她的爱情悲剧，她的爱情充满戏剧色彩，她和表兄沈佺如梁祝一样的悲惨结局，使人唏嘘和惋惜。但能够真爱一回，也是值得的。南宋末期，这位才情横溢的美娇娘演绎了一段荡气回肠、为情而殇的爱情故事。五百次的回眸，百年的约定，她与他之间，仅有美丽的邂逅和短暂的相处。尔后，爱情的花朵还未盛开就已凋谢。

据《松阳县志·闺操》载：“宋张玉娘，字若琼，父授以《孝经》《女训》，过目成诵。父母择配沈生，从父宦游，病羸不起。时玉娘年二十四矣，矢志守节，临帷哀恸，恨不同死。”

清初著名剧作家孟称舜曾发动乡邻为张玉娘修墓立祠，并写了二集三十五出的传奇剧本《张玉娘闺房三清鹦鹉墓贞文记》，使张玉娘的故事得以流传。张玉娘与沈佺是真人真事，他们的爱情悲剧非常感人，闻者无不叹息。人们直言比梁祝故事更动人，更撼人心魄。

他和她，同年同月同日生。宋淳祐十年（1250年）农历七月初四卯时，沈佺降生人世。同年同月同日午时，玉娘也来到人间。她比他只晚生了三个时辰，此为一奇。

他和她恰似许多古代爱情小说中的男女主人公一样，也是表兄妹，如贾宝玉和林黛玉一样，这不能不说是又一奇。俩人就好像约好了一样同一日来到人间，注定要完成一场刻骨铭心的恋情。于是，这幕爱情悲剧让千百年后的人们依然感慨万端。

他家道败落，她父母悔婚，她海誓山盟，誓死相从。此为又一奇。于是，他上京赶考，一举高中榜眼。锦绣前程在招手，却病逝于归途。她悲痛欲绝，六年后也追随而去。两个丫鬟，或痛哭而亡，或自刭而绝，鹦鹉也哀号不已，不食不喝，直到坠地而亡。这是奇中之奇。于是，人们将她和他合葬。左边伴两个丫鬟，右边伴鹦鹉，后人称“鹦鹉冢”。

这不是虚构的小说，也不是爱情传说，而是一个真实的故事。它就发生在南宋浙江一个古老的小镇——松阳县西屏镇。

耳鬓厮磨——青梅竹马天作和

出生仕宦之家，令张玉娘和其他才女一样，有着活泼开朗的性格，度过了无忧无虑的少女时光。她常在侍女的陪同下，登山临水，玩得好不尽兴。

门外车驰马骤，绣阁犹醺春酒。顿觉翠衾寒，人在枕边如旧。知否，知否，何事黄花俱瘦？

——《如梦令·戏和李易安》

这首词是张玉娘的早期作品，是她待字闺中时的真实写照。她姿态慵懒地倚在床头，听着大门外车马奔驰，嗅着绣阁里春酒微醺。闲来无事，便提笔写词，聊以消遣。“知否，知否，何事黄花俱瘦？”别人是“年少不识愁滋味，为赋新词强说愁”，她倒是直截了当道：有什么可愁的呀？应了题中“戏和”二字。一个娇憨可爱、活泼俏皮的少女形象跃然纸上。

花样年华的女孩，总是对未来有许多的向往，寻觅一个如意的郎君，携手相拥，共度一生，大概是所有少女共同的梦想吧。

玉娘在美好的憧憬中，等来了自己想要的那份姻缘。

张玉娘十五岁时和与她同庚的书生沈佺订婚。由于沈佺的父亲沈元与张懋为中表亲，情志相投，所以两家走得很近。玉娘与沈佺从小一起玩耍，可谓是青梅竹马，两人感情甚为笃厚，所以她对这门婚事很满意。

玉娘多才，沈佺也非等闲之辈。沈佺记忆力超群，有过目不忘之功，从小饱读诗书，加之思维敏捷，大受先生的常识，是乡县间有名的才子。一身书香气的沈佺，正当青春，朝气蓬勃，确实是个丰神翩翩的美少年。

玉娘和沈佺这一对才子佳人，自幼两小无猜。沈佺常到张家和玉娘谈论诗文，或读书，或写字，或弹琴下棋、作画吟诗。沈佺欣赏玉娘的蕙质兰心、才情过人，玉娘也爱慕沈佺的才华横溢、非凡人品。

时人皆说沈佺与玉娘是“天造地设的一对”，两家大人听了也满心欢喜，于是便在宋景定五年（1264年），沈张两家按照乡里习俗为沈佺与玉娘摆了酒席，行了订婚礼。

沈佺与玉娘订婚后，两个满心欢喜的有情人，更加情深意厚。少男少女的朦胧情愫自此生根发芽，青梅竹马的纯真之谊变成了一日不见如隔三秋的浓情蜜意，两人恨不得朝朝暮暮，时时刻刻。

当时的传统是非到嫁娶之日，订婚的双方不能会面，但刻板的陈规挡不住两颗年轻的心想要靠近的热切渴望。

开始，沈佺几乎天天往玉娘家跑，与玉娘一起日日吟诗作画，猜谜下棋，好不快活。

这天，两人相约出游，归来时下起了小雨，两人急忙躲进附近的六角亭。不一会儿，雨停了，天色重新晴朗起来。玉娘一时兴起，拔下发间的银簪，敲击竹枝，和了一首《暮春偶成》：

草香云暖雨初晴，对竹敲诗坐小亭。
昼永人闲啼鸟静，花飞无语春冥冥。

转眼到了盛夏。傍晚时分，彩霞挂满天际，玉娘与她的两个侍女霜娥、紫娥散步，不知不觉间又来到了六角竹亭。玉娘想起上一次避雨的场景，嘴角不自觉地上扬，在亭子里逗留起来。两个侍女很聪明，她们理解玉娘的心事，也不催促，一起躲到了远处。

偶一抬头，玉娘惊讶地发现，短短几月，这片翠竹竟已长得如此茂盛。竹纤巧俊逸，四季常青，刚柔并济，宁折不弯，历来文人墨客不但爱竹、种竹，更争相吟诵。竹是“无人赏高节，徒自抱贞心”的坚贞自守，是“依依似君子，无地不相宜”的清高自立，是“迸箨分苦节，轻筠抱虚心”的苦节虚心，也是“万古湘江竹，无穷奈怨何”的缠绵悱恻。

眼前竹随风动，声如鸣琴，多情善感的张玉娘心旌摇曳，写下一首《竹亭纳凉》：

独坐幽篁阴，停绣更鸣琴。
叶齐林影密，唯有清风心。

竹为岁寒三友之一。此情此景，玉娘渴望自己能如竹一般青翠，永远保持高洁的品性。

这时，就像命运的指引一般，远远地，她看见沈佺自田径阡陌走来。玉娘惊喜地捂住胸口，又摸到了怀中的香囊，顿时羞红了脸。

沈佺走到她面前，伸手接过香囊。香囊还温热着，沁人的芳香扑鼻而来，沈佺细看香囊，只见上面细细密密地绣着一枝初开的兰花和一首字迹清秀的《紫香囊》：

珍重天孙剪紫霞，沉香羞认旧繁华。
纫兰独抱灵均操，不带春风儿女花。

沈佺吟罢，不由称赞："好一个不带春风儿女花！格调高雅！玉娘，我一定如你诗中所期盼的那般'珍重'紫霞，不负你的真情。"

在古代，香囊因是随身之物，所以恋人之间常把它当作礼物相互赠送，以表衷情。玉娘把诗绣于香囊之上，既表明了她对沈佺的爱慕思念之情，也可以看出她非凡的诗才和高雅的情趣。这样的女子，沈佺岂能不爱？“灵均”是屈原的字，他常以兰草自比高洁。沈佺知道玉娘这首香囊诗的深意是希望自己珍重赠物，珍重玉娘对他的一片深情。

这段时间，玉娘与沈佺过得无忧无虑，瓯江之畔，他们纵情赏玩，恣意欢畅，从松荫溪、延庆寺、观月亭、凌霄台、梅墩，到蟾峰阁、东皋亭、白鹤殿、逍遥观、偃月池，到处都留下了他们轻快的足迹和动听的欢笑，真可谓少年岁月轻，如此不知愁。他们于峻峗处登山远望，于清波上泛舟采莲，写下了欢快的《采莲曲》：

女儿采莲拽画船，船拽水动波摇天。

春风笑隔荷花面，面对荷花更可怜。

夫家败落——感君恩重不胜情

宋咸淳四年（1268年），沈佺十九岁，已经脱去稚气长成翩翩少年郎。因为从小熟读诗书，他的身上自有一股清俊之气。他无意于成就功名而寄情于山水诗书，向往与世无争的生活。

那年五月初夏，沈佺外出散步，看见田野上稻禾茂盛，池塘里小荷出清水，蜻蜓立莲尖，而他青履白衣，穿行在绿野青水间，鼻尖有花香，眼前有美景，不由诗兴大发，出口吟诵道：

蜂绕黄花分外香，蜻蜓小荷碧珠光。
江南狂生醉水乡，何羡功名暗殿堂。

吟罢，沈佺将手中纸扇一合，为适才的出口成章而暗自得意。两百年前的柳永便吟出了“才子词人，自是白衣卿相。忍把浮名，换了浅斟低唱”这般放浪语，沈佺一句“江南狂生醉水乡，何羡功名暗殿堂”亦是疏狂。

他本就无意于封侯拜相、高官厚禄，家道中落又如何？人生苦短，在这江南水乡，有美景佳人相伴，岂不快哉？沈佺爱着那秋风里如菊花绽放一般的玉娘，在他眼里，高官显贵不如花褪残红燕子飞时墙里佳人的盈盈一笑，更不如两情缱绻共缠绵时神仙眷侣般地合作一首诗。

不想老丈人张懋得知后，非常生气："江南狂生？何羡功名？狂生醉水乡，不思功名，不思上进，哪里有什么出息！"他饱蘸浓墨，在一张宣纸上写道："欲为佳婿，必先乘龙！"然后无比严厉地命沈佺将此帖拿回去转交给他的父亲！

张懋虽仕途不畅，但很爱读书，且自恃才学，向来是说一不二，颇有威信的。沈佺与玉娘知道"欲为佳婿，必先乘龙"这八个字的分量。张懋的意思很明确：先立业，后成家，沈佺要想娶玉娘，必须先考取功名。父命难违，张玉娘也只得劝沈佺用心读书，去考个功名。

几日后，张懋婉转地对玉娘说："沈家现在败落了，沈佺又不思进取，无意于功名，做父亲的不能把唯一的女儿嫁到这样的破落户，我与你母亲商议过了，要重新为你挑选一个门当户对的佳婿。"

玉娘回父亲道："父亲，人不可嫌贫爱富，更不能言而无信。圣贤书中都是这么说的，父亲您一个读书人，断不能做出这等不义之事啊。"

张懋听到这番话不好再说什么，只板着脸说："那就让他考取功名吧。我的女儿绝不能嫁个浪荡公子！"

玉娘此刻处于两难之中，她不认同父亲的想法，也绝不愿跟沈佺分开，可又怕伤了父母的心，只好独自流泪，在苦闷中写下了一首《闲坐口谣》：

独坐看花枝，无言双泪垂。

痴婢不知春，问我心恨谁。

本来以为马上就能跟沈郎共谐伉俪的，谁料半道突横风雨，佳期难定，玉娘夜夜难眠，早起揽镜，更是悲从心起。

闺中女儿兰蕙性，寒冰清澈秋霜莹。

感君恩重不胜情，容光自抱悲明镜。

——《结袜子》

自那日之后，沈佺便收起全部心思，在家潜心苦读。玉娘偶尔会去看他，给他劝勉与鼓励。但让人痛心的是，就在这个时候，沈佺的母亲因病去世了。一时间，沈家的家境更加寂寥落魄。沈佺暗自饮泣，一面承受着失去母亲的痛苦，一面更加发奋地读书。接二连三的打击，已经让这个只羡鸳鸯不慕功名的少年郎一夜长大了。

而玉娘也是一样的煎熬与痛苦，她现在的处境恰如平地起风

雷。寂静的夜里，红尘的喧嚣早已没了踪迹，淡淡的月光下，心中的愁绪如波浪冲刷着沙滩，回眸的瞬间，落花微凉，相思湿润了眼眸，纷飞的柳絮带不走心底的思念。她虔诚地静守在相思渡口，等待着天边的那片云彩，渴望能早日与沈郎一起度过这漫漫红尘里的一生。于是，玉娘在感伤中写下了既伤怀又言志的《双燕离》：

白杨花发春正美，黄鹄帘垂低。燕子双去复双来，将雏成旧垒。秋风忽夜起，相呼度江水。风高江浪危，拆散东西飞。红径紫陌芳情断，朱户琼窗侣梦违。憔悴卫佳人，年年愁独归。

卫佳人是古代的一位烈女。汉代刘向《列女传·贞顺传·卫宣夫人》中记载："夫人者，齐侯之女也。嫁于卫，至城门而卫君死。保母曰：'可以还矣。'女不听，遂入，持三年之丧，毕，弟立，请曰：'卫小国也，不容二庖，请愿同庖。'终不听。卫君使人朔于齐兄弟，齐兄弟皆欲与君，使人告女，女终不听，乃作诗曰：'我心匪石，不可转也。我心匪席，不可卷也。'"这首诗正是运用卫佳人的典故表达了玉娘像卫佳人一样坚贞不渝的情志。

玉娘还将真情写入一首诗的序中："丈夫以忠勇自期，妇人则以贞节自许。”表明她当贞洁如深谷幽兰和皑皑白雪。

尽管沈佺家境日益落败，玉娘却始终如一，不但没有嫌弃，还经常暗地里救济沈家。这样过了三年，沈佺终于要上京赶考了。适逢乱世，从松阳到临安又路途遥远，常有虎狼出没，强盗拦路，于是沈父决定带侍从土根同行。玉娘帮忙筹措了些银子，沈父感动不已，老泪纵横。

送郎赶考——千里相思共明月

这天天刚亮，沈佺一行就动身了。玉娘将沈佺送到驿站，明明已经可以回去了，却又走出驿站送了很长一段路。此时的她，心中满是不舍，完全不知这是他们今生的生离，也是死别。

沈佺走后的第二天晚上，正是十五，玉娘坐在窗前，望着窗外的满月，迟迟不愿睡去。沈郎去了仅仅一日，玉娘就如此相思难禁。脑海中想着沈郎一路上可能遇到的事情，不觉心思更乱，提笔写下了《山之高》三章：

其一：

山之高，月出小。

月之小，何皎皎。

我有所思在远道，一日不见兮我心悄悄。

其二：

采苦采苦，于山之南。

忡忡忧心，其何以堪。

其三：

汝心金石坚，我操冰雪洁。

拟结百岁盟，忽成一朝别。

朝云暮雨心去来，千里相思共明月。

《山之高》的意境非常宏阔，玉娘用天地之景来为自己的情感做铺垫，将山与月自然融为一体，山高月小，在一派清明之中将自己对远人的思念表达得淋漓尽致。

写罢，张玉娘意犹未尽，又填词一阕：

极目天空树远，春山蹙损，倚遍雕栏。翠竹参差声戛，环佩珊珊。雪肌香、荆山玉莹，蝉鬓乱、巫峡云寒。拭啼痕，镜光羞照，辜负青鸾。

何时星前月下，重将清冷，细与温存。蓟燕秋劲，玉郎应未整归鞍。数新鸿、欲传佳信，阁兔毫、难写悲酸。到黄昏，败荷疏雨，几度销魂。

——《玉蝴蝶·离情》

分离后，玉娘整日饱受相思之苦的煎熬，在那无尽的寂寞日子里，玉娘写下了一篇又一篇的相思之作，如《晚楼凝思》：

鸳鸯绣罢阁新愁，独抱云和散画楼。

风竹入弦归别调，湘帘卷月笑银钩。

行天雁向寒烟没，倚槛人将清泪流。

自是病多松宝钏，不因宋玉故悲秋。

又如，《闺情·卜归》：

南浦萧条音信稀，伯劳东去雁西飞。

玉钗敲断灯花冷，游网乘空蟢子非。

沉水斋心燃宝鼎，金钱纤手卜灵龟。

数期细认先天课，甲乙爻加归未归。

日日闺中卜灵龟，问归期，人却始终未归。

阴霾的天气让思君心切的玉娘心情愈加压抑，夜半忽醒，她独自起身，走入庭院，月光下雁影掠过，庭院中蟋蟀哀鸣：

玉影无尘雁影来，绕庭荒砌乱蛩哀。凉窥珠箔梦初回。

压枕离愁飞不去，西风疑负菊花开。起看清秋月满台。

——《浣溪沙·秋夜》

“凉窥珠箔梦初回”，一阵凉风吹入珠帘，惊扰了她的清梦。“压枕离愁飞不去”，醒来后，离别的愁绪便压得她再无心睡眠，于是起床赏月、观菊。不说人负人，却说是西风负了盛开的菊花，而最后以皎洁的月光洒满台阶结尾，引人遐想。张玉娘将与沈佺离别后若有所思、夜梦难安的怅惘心情，写得既含蓄又真切。

> 秋入银床老井梧，能言鹦䳇日相呼。
>
> 兰闺半月闲针线，学得崔徽一镜图。
>
> ——《秋思》

诗中引用了一个典故，事见元稹《崔徽歌序》。崔徽是唐代蒲城的一名歌妓，一个叫裴敬中的官吏奉朝廷之命到蒲城视察，两人一见钟情陷入情网，不久裴敬中返京，崔徽无法相从，两人只得含泪分手。裴敬中走后，崔徽相思成疾，于是请人替自己画了一幅画像，托人寄给裴敬中，并带话给他说：“如果哪一天，我的容貌不如画中这么美丽了，我就会为裴郎而死。”后来，她果然抱恨而死。

崔徽的故事在张玉娘心里留下了很深的印象，而这首诗也为张玉娘以后的殉情，埋下了一个伏笔。

玉娘日日跑到岸边，盼啊，等啊，归来的船只里却都没有她的心上人。这天，她在一次又一次的失望中迎来了日落。暮霭沉

沉，炊烟袅袅，带给玉娘的却只有寥落。身边的紫娥催促她回家，她一抬头，却见新月已经升起。玉娘双手合十，向新月祈祷：

拜新月，拜月愿月圆。
新月有圆时，人别何时见。

拜新月，新月下庭除。
欲祝心间事，未语先惨凄。

——《拜新月》

可是，等到月圆时，人就能团圆了吗？并没有，即便是团团的满月，也只是照着她的孤影，令她以月宫嫦娥的悔为悔，更添凄惨：

明月度天飞，团团散清辉。
中有后羿妻，窃药化蟾蜍。
碧海心如梦，淡淡生寒虚。
关山一夜愁多少，照影令人添惨凄。

——《明月引》

秋风凉——夜夜思君不见君

夜深人静，远处月光朦胧，恍惚间出现了一个身影。沈郎，是你归来了吗？熨眼，想将那眉眼看个分明；伸手，想触摸那熟悉的温度。可是，一阵寒风突然袭来，玉娘一个激灵后猛地惊醒，才知道重逢只是黄粱梦里的情境。醒时月光仍然洒着清辉，却只剩下了相思，折磨人的相思！

想他，从清晨到黄昏；想他，从冬天到春天。他的身影又岂止出现在梦里？相思无处不在，无孔不入，如梦似幻，如影随形。抬眼是他，低眉是他；吃饭是他，入睡是他；静坐是他，信步是他。音容笑貌时时出现在眼前，可终究，什么也抓不住。

> 月光微，帘影晓，深沉庭院，宝鼎余香袅。浓睡不堪闻语鸟。情逐梨云，梦入青春杳。
>
> 海棠阴，杨柳杪，疏雨寒烟，似我愁多少？谁唱竹枝声缭绕。欲雨临风，自诉东风早。
>
> ——《苏幕遮·春晓》

沈佺赴京城赶考后，玉娘便无心打扮，日日一袭白衣，素面朝天，不施粉黛。心系沈郎的她唯有独自饮泣，将泪水化作一首首相思词，才能排遣心中愁绪。

微弱的月光冷冷清清地照进窗台，拂晓的风不时吹动珠帘。外面庭院深深，屋里的暖炉袅袅地散发着残香，浓浓的睡意再一次被鸟鸣声唤醒。在词中，玉娘运用了诸多的意象，用以表达凄凉的心境，从上片的“情逐梨云”，到下片中的“海棠阴，杨柳杪，疏雨寒烟”都是在表达“愁多少”，更是在诉说她对沈郎的相思。梨云，源自王建诗《梦看梨花云歌》：“薄薄落落雾不分，梦中唤作梨花云。”海棠花荫，杨柳树梢，想说些什么，却是欲言又止。明朝学者王诏有评：“若‘疏雨寒烟，似我愁多少’，词中佳句也。”

每到黄昏时分，日薄西山，彩霞满天，玉娘总会到六角竹亭，那里有她太多的回忆。她回忆着青春流年里的烂漫遨游，相见离别时的种种情态，过去的画面或喜或悲，是笑是泪，始终都是关于同一个人，那个刻在她生命里的无法抹去的印记。

池塘边谁家浣衣女在捣衣，砧声满寒夜？

入夜砧声满四邻，一天霜月楚云轻。

自怜岁岁衣裁就，欲寄无因到远人。

——《捣衣曲》

温婉绮丽的江南水乡，本该是恬淡悠然的。在玉娘的心里，那恼人的功名都是虚无之物，她不求沈郎飞黄腾达，只愿他能够陪在自己身边。她想像其他普通的女子一样，为丈夫做饭洗衣，温酒泡茶，哪怕只是粗茶淡饭，薄酒布衣，她也甘之如饴。但是，现在却为了功名让他们二人不得不忍受分隔两地之苦，陪着她的不是梦中的沈郎，而是青灯苦雨，冷月寒霜，这凄凉的情景，让寒夜变得更加漫长。

秋风生夜凉，风凉秋夜长。

贪看山月白，清露湿衣裳。

——《秋夜长》

而此时，丰神俊朗、才高八斗的沈佺在临安应试，一举高中榜眼，金榜题名。

当时，主考官恰好曾经到过松阳，得知沈佺就是松阳人，便以松阳的地名出了一句上联，让他对对子：

筏铺铺筏下横堰

主考官正自鸣得意，谁知沈佺才思敏捷，略一沉吟，便开口对出了下联：

水车车水上寮山

沈佺对句工整完美，以“寮山”对“横堰”，二者都是地名，且都在松阳。顿时，众人皆惊叹其才。考官接着又出了几道题，沈佺均对答如流，并且不落俗套。沈佺就是凭着博学和敏捷的才思，一路过关斩将，被皇帝御笔钦点为榜眼。

沈佺在都城一鸣惊人，他高中的喜讯传到家乡，张、沈两家皆欢喜不已，玉娘和沈佺的婚约终于可以如约履行了。张家当即开始为婚礼做准备，置办嫁妆。最高兴的人当然是玉娘了，三年来，日思夜盼，寝食难安，苦苦等待的不就是这么一天吗？从此以后，才子佳人终于可以相守相伴相亲相爱了，她激动再激动，喜悦的心情难以言表。

生死两隔——肠断心碎泪痕寒

悲剧，就是把美好的东西毁灭给人看。当一切看起来都是那么美好的时候，意外也就快要发生了。

赶考途中的风餐露宿，考试场上的高度紧张，已经耗尽了沈佺的所有气力。再加上高中榜眼后的极度兴奋，沈佺羸弱的躯体终被病魔乘虚而入。

是的，沈佺因劳累与忧思过度染上伤寒，病倒在返家途中。沈佺几次想强拖病体骑马回家，却头晕眼花，四肢无力，虚弱得连马也跨不上去。但是为了早点见到玉娘，他硬是让父亲和侍从将他扶上马，在二人的搀扶下勉强赶路。

然而，没走出多远，沈佺就支持不住，跌下马来。在父亲的强烈要求下，沈佺只好先回驿站养病，由侍从赶回去给玉娘报信。

侍从快马加鞭，日夜兼程赶回去，将沈佺的病况告知张沈两家，并带信给玉娘说：沈佺的病皆因积思于悒、相思过度所致。

玉娘听了，痛断肝肠，心急如焚，急忙写了一封信让侍从捎给沈佺。信中说："妾不偶于君，愿死以同穴也！"若不能与君生相伴，也愿死同穴。可见玉娘之真情。奄奄一息的沈佺见信后感动不已，强撑起病体，回赠玉娘五律一首：

隔水度仙妃，清绝云争飞。

娇花羞素质，秋月见寒辉。

高情春不染，心镜尘难依。

何当饮云液，共跨双鸾归。

——沈佺《病中赠张玉娘》

写罢诗稿，沈佺已是虚弱不堪。他思忖自己或已不治，只盼能和玉娘共跨鸾鸟，同奔月宫，在另一个世界里团聚。带着不能与玉娘重聚的遗憾和深深的爱恋，沈佺停止了呼吸，终年二十二岁。

远在松阳的玉娘闻得噩耗，顿觉天旋地转，昏厥在地。巨大的悲哀瞬间就袭倒了风华正茂、艳丽如花的玉娘。久卧病床，彻夜泪水湿枕绣。从此无心爱良夜，任明月下西楼。怅恍如或存，回惶忡惊惕，寝息何时忘，深忧日盈积，凄凄朝露凝，烈烈夕风厉……

玉娘悲伤痛哭，随后用泪水研墨，写就了这首千古传诵的《哭沈生》：

其一：

仙郎久未归，一归笑春风。

中途成永绝，翠袖染啼红。

怅恨生死别，梦魂还再逢。

宝镜照秋水，明此一寸衷。

素情无所著，怨逐双飞鸿。

其二：

中路怜长别，无因复见闻。

愿将今日意，化作阳台云。

玉娘在《哭沈生》中已经明确表达了为沈郎守节、贞洁不嫁之心。阳台是一个典故，指高唐之台，是战国时楚国的台馆名。战国时楚人宋玉《高唐赋序》："昔者先王尝游高唐怠而昼寝，梦见一妇人，曰：'妾，巫山之女也……妾在巫山之阳，高丘之阻，旦为朝云，暮为行雨，朝朝暮暮，阳台之下。'"她已决心化作阳台云，朝朝暮暮，永远伴随沈郎，如玉娘最早赠予沈郎的香囊诗中所表现的幽兰之高洁贞操和始终如一、永恒不变的爱情。

思念像一把无情的刀，在凄凄哀哀的夜半，刀刀扎在心窝上，泣泪成血。她无时无刻不在思念着沈郎。她的每一声叹息，每一首琴曲，每一行诗里，缝隙留白间都是他。可是，他却再也不会出现了，她心心念念的人，竟已永远消失在了这个世上。她弹琴以寄情，琴弦却断了，她悲伤抚琴，含泪吟唱：

凉蟾吹浪罗衫湿，贪看无眠久延立。
欲将高调寄瑶琴，一声弦断霜风急。
凤胶难煮令人伤，茫然背向西窗泣。
寒机欲把相思织，织又不成心愈戚。
掩泪含羞下阶看，仰见牛女隔河汉。
天河虽隔牛女情，一年一度能相见。
独此弦断无续期，梧桐叶上不胜悲。
抱琴晓对菱花镜，重恨风从手上吹。

——《瑶琴怨》

吟诗弹琴，一弦肠一断，断尽心肠何等伤心！

寂寞的夜晚，还是在那个充满回忆的六角竹亭，依旧是朗风清月，依旧是柳丝轻摇，却早已物是人非。伤心人眼中皆是伤心物，故地重游只能徒引伤悲。之前甜蜜的两情缱绻，美好的花前月下，一声惊雷之后，被倾盆而下的大雨全都冲刷掉了。留下的，只是黄泉契阔、生死离分，实在是残酷。

她捂着胸口哀叹："天缺一块有女娲，心缺一块谁有补？女娲可炼五色石补苍天，玉娘凭借何物可补心？"自言自语却又引得自己伤心落泪。稍息，止住了啜泣，起身拿过笔墨纸砚，和泪写下《小重山》：

秋入瑶台玉簟凉。藕花香暗度、紫荷乡。软罗轻扇动清商。霜渐老，庭外菊花黄。

眉月画应慵，瘦癯羞对镜、怨容光。泪痕寒染翠绡裳。梧叶尽，疏影下银床。

悲痛之余，玉娘亲手为沈郎画了一幅画像，贴在自己的书案上。每个黎明黄昏，每场夏雨冬雪，玉娘都痴痴凝望，好像他依然在自己身边一样。思君令人老，失去了沈佺的玉娘，像是老了十岁，原本一头青丝开始染上霜色，原本美丽的容颜变得憔悴，走在路上总是魂不守舍，跌跌撞撞，常常未开口泪先流，情难自抑，凄婉脆弱。

此情难忘——红坠香消西风独自冷

爱，真的就输给生死了吗？不，爱绝不会输！

沈佺忌日，玉娘整整在坟前哭了一整天。沈佺，你可听得见玉娘的哭泣和呼唤？生不同衾，玉娘愿与沈郎死同穴。然而，阴阳两隔，人世此生难再逢。她与他隔着一座青冢，命运叫他们永不能相拥。玉娘泣血叩问上苍，倘若，来生他们还能在万千红尘遇见，能否再许她一份天长地久的不离不弃？今生，她注定要一个人孤苦地走在命运的小巷里，那个她爱的男子，只能在天上看着她的凄凉与悲伤。她明明知道生死的无奈，却还是无法止住自己的泪。落英满地，寒气顿生，孤坟无处话凄凉。寒冷，玉娘感觉到了锥心刺骨的寒冷，几乎就要站立不住。陪在一旁的霜娥也泣不成声，上前扶住她绵软的身体。

在玉娘的心中，与沈郎相爱便是最大的幸福。只是今生，不能盼天长，更不能等地久。此前，玉娘一直以为，岁月漫漫，永远相伴，海枯石烂，永不言别。可是为何，他转身便永诀于红尘，独留她一人在时光里漫溯，在岁月里凋零？为何？为何？为何？玉娘在心中呐喊，上苍为何待她如此无情？难道就不能给她一份完整的爱和永恒的柔情吗？俯身拾起散落满地的辞章，能否就此将这一世的追忆拼凑成一段美满的姻缘？

是否，年少的痴恋，最终只能是一场无果的伤痛？是否，世间太深的痴情，最终只能是一场无奈的永别？滞留于流年里的天真，总以为誓言可以成真，总以为说好了到老，便不会中途离散。直到命运无情宣判，才明白，花开是错，情动是错，华年是错，一切的有始无终都是错。怎不叫人心伤欲绝！

闲教鹦鹉念郎诗，便成了玉娘对沈佺无法忘却的思念。花谢花开花满天，红消香断有谁怜？曾经的相思，是为了短暂离别后相聚的欢喜，在淡淡苦涩中酿出喜人的甜来。可如今，深夜里的一味苦，一品是苦，再品依然是苦，连绵不断的苦。挨过孤寂的长夜后，依然是孤寂。在太深太多的痛苦中，玉娘渴望解脱，渴望寻得全天下最锋利的剑，斩断一身的情丝。可她又怕解脱，怕这世间除了她，再也没有人能够继续守着她那份无迹可寻的深情挚爱。所以，她借鹦鹉之口，将沈郎生前的句子一一吟诵、铭记，一如她将他刻在心间。

她最后悔的就是当初让他去考什么功名！本可以执子之手，形影相随，恩爱缠绵一生，而今却生死永别，人间黄泉，两不相顾。如今他撒手人寰，黄土冷冢相隔离，秋风飒飒，黄叶铺了一地凄凉。年少不知愁时，总以为秋天过去，来年春天还会是那般万紫千红，可是，一切都不同了，这一次，纵使再有千般风景，百花齐放，可没了他与她共赏，它们便都失了明媚。夜里风雨萧索，花落有声，徘徊寻觅，不知归处。梦醒更泪流，兀自憔悴。孤女衾冷有谁怜？生死已永诀，凄凉心事，断魂相思，软侬细语诉与谁听？深浅情愫诉与谁知？悠悠江水，可也载着她的许多愁？

黄昏时分，人们远远地看见一个消瘦的女子，身着白衣，盈盈伫立在小楼上，眺望着远山江水。她是玉娘。

落花散落水面，随着奔腾的江水漂流，一如亡人。玉娘心如刀绞，转身回到房中，挥笔泼墨，和泪书写悼亡词：

人生苦无生死路，此生怎免生离苦。

奈何生死总有命，一任悲伤无处诉。

萧瑟秋风花无主，一朝香尽，未知漂何处。

不忍看花倚闺楼，花落人亡，谁遣二地书！

——《生死苦》

南方少雪，甚至整个冬季无雪也是常事。可就在她最伤心的那一年冬天，居然下了一场百年未遇的大雪。那真是一场大雪，漫天雪花飞扬而下，如千树万树梨花一夜开，天地一场白茫茫。

天刚亮，外面已积雪盈尺。玉娘不禁临窗赋诗：

帘白明窗雪，风急寒威冽。

欲起理冰弦，如凝指尖折。

孀帏眠不稳，愁重肠千结。

闲看蜡梅梢，埋没清尘绝。

——《白雪曲》

白雪皑皑，寒风凛冽，想要整理琴弦，指尖却冻得弯曲不直。既然如此，那就再去补个觉吧，可是愁肠千结，根本睡不安稳，最后只能闲看蜡梅梢，埋没在清白的雪中，不染一丝尘埃。颔联开头玉娘自称“孀”，尾联又说“闲”，既已将自己当作沈佺的未亡人，愁绪深重，愁肠难解，又如何得“闲”呢？可见这份闲，早已不是当年衣食富足、百无聊赖的闲散，而是了无生趣、坐立难安的闲闷。言辞婉转，可谁人不知，那丝丝缕缕牵动着玉娘情绪的，自始至终不过一个沈郎罢了。那与梅梢一同被埋没的，不正是玉娘那颗困于相思痛楚却纯白依旧的心吗？

天幂幂，彤云黯淡寒威作。寒威作，琼瑶碎剪，乘风飘泊。

佳人应自嫌轻薄，乱将素影投帘幕。投帘幕，不禁清冷，向谁言着？

——《忆秦娥·咏雪》

天空阴云密布，寒风凛冽。那雪就像是被肆虐的风剪碎的美玉，四处漂泊。这一种清冷寂寥的滋味，又能向谁诉说呢？这首词中，玉娘借咏雪诉说自己凄凉悲苦的不幸人生。以景衬情，情景交融，正如王国维在《人间词话》中的“有我之境”，雪着了玉娘的色彩，甚至于，雪是玉娘，玉娘便是雪。

玉娘闭门自累，但她出众的才华与高洁的品行却不免为人倾慕，那些达官贵人的子弟不时上门说亲，一时间踏破门槛。玉娘的父母见女儿整日吁叹，日渐消瘦，也想为她另择佳婿。母亲婉转地说：“人死不能复活，你这样终日哭啼，茶饭不食，焉能久活？沈郎去就去了，伤心也救不活他。你还是要活下去的，娘为你寻得一户人家，家境、人貌、品学都不错……”

玉娘听后，悲伤道：“女所未亡者，为有二亲耳！”

玉娘心如磐石，朝夕不改，之所以勉强活着未随沈郎而去，只因父母尚在，不忍让他们伤心。

后来，她对父亲以及其他亲属也决然回答：“我心已随沈郎而去，绝不再嫁他人。”并书古诗一首挂于房间墙壁：“我心匪石，不可转也，我心匪席，不可卷也！”

慷慨激昂——愿系匈奴颈

玉娘生活的时期正是南宋败亡之际。宋开禧二年（1206年），蒙古国建立，蒙古铁骑横扫西域乃至欧洲，先后灭掉了金、西夏、西辽、花剌子模、吐蕃和大理，蒙古兵所到之处，烧杀抢掠，血流成河。然而，南宋却依然醉生梦死，偏安一隅。林升著名的《题临安邸》描写的正是这一背景：“山外青山楼外楼，西湖歌舞几时休？暖风熏得游人醉，直把杭州作汴州。”

宋朝末年，贾似道把持朝廷，腐败更甚。宋开庆元年（1259年）七月，忽必烈大举进兵鄂州，贪生怕死的贾似道瞒着皇帝向蒙古兵投降称臣，划江为界，苟且偷安。宋咸淳三年（1267年），元兵再度大举进攻南宋。在玉娘的鼓励下，玉娘唯一的亲弟弟赴前线奋勇杀敌，却未能抵挡住元兵的进攻，最后兵败被贬。

在送弟弟上前线之前，玉娘抱病写了一首《从军行》：

二十遴骁勇，从军事北荒。

流星飞玉弹，宝剑落秋霜。

画角吹杨柳，金山险马当。

长驱空朔漠，驰捷报明王。

前线士兵浴血奋战，贾似道在后方却照样花天酒地，搜刮民脂民膏。宋咸淳七年（1271年），忽必烈改国号为“大元”，向南宋大举进攻。宋咸淳十年（1274年）六月，元兵从汉水入长江，于宋景炎元年（1276年）三月攻入临安，俘获宋恭帝赵㬎及两宫太后和大批皇亲大臣。宋祥兴二年（1279年），战败被俘的抗元将领文天祥写下一首被后世广为传颂的《过零丁洋》:“人生自古谁无死，留取丹心照汗青。”随后，陆文秀背着年仅九岁的新立小皇帝在广东崖山跳入大海，南宋王朝终于灭亡。

元兵大举进攻南宋之时，正是玉娘生命的最后几年。国难当前，玉娘悲愤难当，恨不能如花木兰一样披甲上阵，保家卫国。可惜身为女儿身，她只能将满怀的壮烈谱写成一首首豪情激烈的爱国诗歌，如下面这首《幽州胡马客》:

幽州胡马客，莲剑寒锋清。

笑看华海静，怒振河山倾。

金鞍试风雪，千里一宵征。

韔底揪羽箭，弯弓新月明。

仰天坠雕鹄，回首贯长鲸。

慷慨激忠烈，许国一身轻。

愿系匈奴颈，狼烟夜不惊。

张玉娘在诗歌上追求多元化，这首诗反映出了强烈的爱国精神和不屈的民族气节，让我们看到了一个不一样的张玉娘。

这年，张玉娘去松阳县城郊拜谒王将军墓。关于王将军庙宇的墓碑，一说是为纪念晋时王右军，即王羲之（官至右军将军，故世称“王右军”），一说是为纪念当地古时的一位爱国将领王右丞。虚弱的玉娘在霜娥、紫娥的陪同下，来到望松岭。

望松岭在县西二里，是古时松阳著名隐士叶真人隐居之地，下有逍遥观，上有东皋亭，旁边就是王将军的庙宇。山路陡峭，玉娘由二位侍女搀扶，来到将军墓碑前，双膝跪地，虔诚拜道：“将军在天有灵，保我大宋无恙！恨玉娘身非男儿，力不能缚鸡擒敌。愿岭上松如战旗，草如神兵，随将军杀退敌兵！”

玉娘心怀激荡，写下一首诗：

岭上松如旗，扶疏铁石姿。

下有烈士魂，上有青菟丝。

烈士节不改，青松色愈滋。

欲试烈士心，请看松下枝。

——《王将军墓》

岭上青松如旌旗屹立，枝叶繁茂，有铁石之姿，正如菟丝缠绕的碑下埋着的烈士英魂，刚劲忠勇。烈士气节不改，青松便愈发苍翠，要想检验烈士之心，请看那昂然挺立的松枝。与前面的《咏雪》相同，张玉娘借咏松来赞美烈士，亦是物与人同，景与情通之作。本以为沉湎于儿女情长、深闺情怨的张玉娘，不想有着这般爱国激情，实在令人佩服。

世事奥妙，在玉娘去世五年后，又出现了一位王将军。他的名字叫作王远宜，原本是文天祥的部下，因战功授为统制，等到文天祥兵败后，他沦落返乡，聚集义兵，在松阳一带的群山中坚持与元斗争，最终在一次带兵攻打松阳县邑时，不幸被困于望松岭，壮烈牺牲。松阳百姓冒着杀头的危险，将烈士遗骨埋葬于望松岭下，此事见于1926年版松阳县志。

默默无闻——三百年后显于世

元宵佳节，天上满月遍洒清辉，地上灯火映照天际，家家户户携手尽出，赏灯，猜谜，看舞龙，扭秧歌。别人的团圆欢聚，却是玉娘的断肠天涯。外面锣鼓喧天，闺中痛彻心扉。不堪的相思之苦，生死离别的煎熬，让玉娘心情低落，忧郁不已。终于，在沈佺离世后的第五个元宵之夜，张玉娘独自一人坐在青灯前，烛光晃动下，沈佺竟然来到了她的面前，还驾着车，以迎接的姿势对她说："若琼宜自重，幸不寒夙盟，固所愿也！"

玉娘惊喜万分，和无数次夜半梦回一样，她伸手想要抓住他，抓到的却仍是冷冷的空气，什么也没有。但当玉娘后退时，沈佺的幻影再次出现了。如此数番，玉娘心力交瘁，含泪追问："为何你来寻我，却又避我？见我，却又弃我？"岂料沈佺冷冷反问："玉娘，你怎能背弃我们前世所定的盟约？"

玉娘闻言，潸然泪下："我如违背誓言，就如此烛，立刻熄灭！"话音刚落，沈佺的踪影便消失不见了。

玉娘急切呼道："沈郎，舍弃玉娘乎？"随后，泪如泉涌，悲不自胜。

据沈氏家谱记载，张玉娘于“宋景炎元年丙子正月十六日辰时终”。

第二天一早，玉娘父母推门而入，却见玉娘已在昨夜的喧闹声中香消玉殒了。白发人送黑发人，玉娘父母伤悲不已，尤其是父亲张懋，他终于懊悔当初狠心逼着沈郎考取功名，正是这个固执的念头，害得两个风华正茂的年轻人，一前一后，以悲剧结束了生命。可惜，后悔已经来不及了。

这个追悔莫及的父亲知道是自己亲手断送了这对真心恋人的幸福，便想弥补他们。于是张家征得沈家同意，将玉娘与沈佺合葬于城外西郊关塘门外枫林之地，有同穴可为证。同一灵位上的他与她，终于在萧瑟的坟茔里团聚了。这里，没有了世间的人情冷暖，更不会为世俗的功名利禄所困扰。长眠于此的他们，可以重新拾起搁置许久的笔，继续他们的诗词吟咏。微风从松阳的山间轻轻拂过，林间的草木轻轻颔首，一如玉娘与沈佺深情地款款相望。可怜玉娘芳心系沈郎，一片痴情绵绵，犹如碧草青青，逢春便发，永无终结，宁不嫁王孙，以血泪相思抑郁而终。这旷古凄凉的一段情，至今犹惹人垂泪。

霜娥、紫娥虽是侍女，但是多年的朝夕相处早已令她们和玉娘产生了深厚的姐妹情谊。玉娘死后，霜娥、紫娥整日“望坟思纡轸”“徘徊墟墓间，欲去不复忍”。霜娥日日痛哭，终于在一个多月后“忧死”。紫娥见她二人皆去，不忍独活，于是也“自颈而殒”。那只通人性的鹦鹉竟然也在玉娘父母的哀号中，悲鸣而死。从此，张玉娘的婢女紫娥、霜娥和她生前养的一只鹦鹉，被称作是“三清客”。古今义忠，最是三清客，怜惜思主，至伤心而弃生。张家便把这“闺房三清”葬在沈佺、玉娘的坟茔两侧，左边安葬着霜娥、紫娥两位婢女，右边则安葬着那只灵巧讨喜的鹦鹉。后人称之为“鹦鹉冢”或“三清鹦鹉冢”。沈佺、张玉娘坟墓的前方，还有一泉名为“兰雪泉”的活水，名字取自玉娘曾经写下的诗句，也是她的家人为纪念她而掘的。

玉娘一生只活了二十七虚岁，共留下了诗词一百三十三首。她死后，族孙张献集寻找她的遗作，整理汇编成册，并题签集名为《兰雪集》。《兰雪集》的取名，颇有深意：“古人以节而自励者，多托于幽兰白雪以见志，因命之曰《兰雪集》。”

《兰雪集》集成后，并未付梓，而是存放在松阳沈氏宗祠供后代瞻仰。此后三百年间，《兰雪集》一直隐藏在沈氏祠堂未与世人见面。

张玉娘虽“情独钟于一人，而义足风于千载”却鲜为人知，其所著的《兰雪集》也长期默默无闻。直到明嘉靖十二年（1533年），张玉娘的松阳老乡王诏为她立传表章，写下《张玉娘传》，并在其中提到《兰雪集》，张玉娘的事迹才“历三百年后显于世”。

人生自是有情痴，此恨不关风与月，她死了，人世间又少了

一位才华出众的女子，少了一份如兰的美丽，也少了一份如雪的高洁。

自古多情伤离别，更那堪生离复死别。

淑气回春，星河天上。三月江南绿正肥，阴阴深院燕初归。绿窗春睡起常迟，娴雅宜从月殿归。无力扶不起，细数目前花落尽，伤心都付不言时。

无限伤春思，芳草天涯肠断诗。闺中女儿张玉娘兰心蕙性，如同一只扑火的飞蛾，在深情的火光中将自己的青春和生命燃烧殆尽，又如同寒冬清波凝冰凌，以晶莹剔透的才思，打动着无数读者的心。

她就是那轮破寒天的曈日，映照得整个《兰雪集》，红光生紫烟。冻雪霏霏，竹枝垂地翠旋销。

烟迷浦口人迹稀，横斜晖，岁晚余寒知劲节，落尽梅花风韵高。

簪合而嫁，修身如玉不将就：吴淑姬

青春一如花期，青春的她，曾夜夜挑帘愁断肠。绿窗又度春风，芳华正似花香，泪眼迷茫枉痴狂，她于是提笔写成小重山。小楼空有她的梦，独守夜凄凉，往事悠悠，不思量，自难忘。穿过时光的走廊，在蝶舞花香的春日里，她临窗而立，亲手掬一捧月光，捡拾几瓣清雅，夹在诗页里，伴着那缠绵的诗词，她穿越了千古时光，依然在吟对，在通过笔墨文字倾诉衷肠。

初次婚姻——玉簪折断未成婚

吴淑姬，宋朝著名女词人。

但有关吴淑姬的身世，向来众说纷纭，有人说她是浙江湖州人，是士人杨子冶（一说杨子治）之妻，也有人说她是山西汾阴（今山西万荣）人，是周民之妾。这是怎么回事呢？

原来，宋代有两位吴淑姬，恰好一南一北：浙江湖州吴淑姬是南宋人，山西汾阴吴淑姬则是北宋末年生人。更加巧合的是，二人都是才女，都善写词，因此经常被人们混淆。

南宋洪迈《夷坚志》庚集卷十，对南宋的吴淑姬记载如下：

> 湖州吴秀才女，慧而能诗词，貌美，家贫，为富民子所据。或投郡诉其奸淫，王龟龄为太守，逮系司理狱。既伏罪，且受徒刑。郡僚相与诣理院观之，仍具酒引使至席，风格倾一坐。遂命脱枷侍饮，谕之曰："知汝能长短句，宜以一章自咏，当宛转白待制，为汝解脱，不然危矣！"女即请题。时冬末雪消、春日且至，命道此景作《长相思》令。捉笔立成，曰："烟霏霏，雨霏霏，雪向梅花枝上堆。春从

何处回？醉眼开，睡眼开，疏影横斜安在哉？从教塞管催。”诸客赏叹，为之尽欢。明日，以告王公，言其冤。王淳直，不疑人欺，亟使释放，其后无人肯礼娶，周介卿石之子买以为妾，名曰淑姬。王三恕时为司户摄理，正治此狱，小词藏其处。

北宋吴淑姬的事迹最早出现在元代林坤的《诚斋杂记》中：

汾阴女子吴淑姬，未嫁夫亡。未亡时，晨兴靧面，玉簪坠地而折，已而夫亡。其父以其少年，欲嫁之。女誓曰：“玉簪重合则嫁！”居久之，见士子杨子治诗，讽而悦之，使侍儿用计，觅得一卷，心动，欲与之合，启奁视之，簪已合矣。遂以寄子治，结为夫妇焉。后嫁子治，优于内治，里中称之。子治仕至兰陵太守。

有人认为洪迈与吴淑姬是同代人，所以他的记载更为可信，但实际上，两篇记载中的吴淑姬截然不同，一在天南，一在地北，而且南宋吴淑姬的名字是再嫁后才改的。因此，《诚斋杂记》错录的可能性不大，我们有理由认为，确实存在两位同名同姓的吴淑姬。

那么，著有《阳春白雪词》五卷，被后世广为推崇的究竟是

哪一位吴淑姬呢?

谢无量《中国妇女文学史》将仅存的《小重山》《惜分飞》《祝英台近》三首词归于北宋吴淑姬名下，唐圭璋《全宋词》、任日镐《宋代女词人评述》、费振刚《宋代女词人词传》均持此说。但是也有不同观点，如谭正璧先生在《中国女性文学史》中认为以上三首诗再加上《夷坚志》中的《长相思》，四首词都是南宋吴淑姬所作。本书姑且采用前者。但南宋吴淑姬的事迹和作品亦有奇处，将在本章最后一节单独讲解。

我们要说的这位吴淑姬，家境殷实，自小聪颖貌美，能作诗词，幼年时由父母做主，与邻村的一个秀才订下了娃娃亲。这个秀才虽然人才一般，但为人忠厚老实，也算读书破万卷，且家境比较富裕，两个人算是门当户对。

到吴淑姬十六岁时，两家便开始张罗婚事。

就在待嫁期间，将为新妇的吴淑姬羞答答地暗暗打理着自己，那天吴淑姬坐在镜前梳妆，却见镜中人儿靓丽妩媚，想到即将到来的大喜事，想到自己将有人为己容而悦，她一边上妆，一边早有两片红霞飞上了双颊，不需要胭脂来点染。最后，吴淑姬从梳妆台上，拿起了一枚玉簪，正想往绾好的秀发里面插，却不料手一滑，啪的一声，玉簪落在地上，顿时断为两截!

这个玉簪据说是吴家传家宝，弥足珍贵，也是吴淑姬的最爱。

刚刚还沉浸在幸福憧憬里的吴淑姬凛然一惊，一种不祥之感袭上心来。果然没几天，夫家传来了噩耗：她的未婚夫病重，婚礼不能如期举行。接着没几天，居然不治而亡！

吴淑姬虽然与未婚夫未曾谋面，不似张玉娘那般肝肠寸断，但是自从定下婚约开始，她便将自己视作人妇，将她那少女朦胧的爱意和对婚姻的向往都寄托在了这个男人身上。因此，在后来的很长一段时间里，吴淑姬都失魂落魄。凝眸眺远方，看长堤烟雨，绿柳成行，翠色柔柔惹春伤，谁怜花落荡离殇？这苦痛终凝成了她笔下的词。

粉痕销，芳信断，好梦又无据。病酒无聊，倚枕听春雨。断肠曲曲屏山，温温沉水，都是旧、看承人处。

久离阻，应念一点芳心，闲愁知几许？偷照菱花，清瘦自羞觑。可堪梅子酸时，杨花飞絮，乱莺闹、催将春去。

——《祝英台近 · 春恨》

这首词题为“春恨”，词人吴淑姬究竟在恨什么呢？脸上的粉痕已经消散，那个人的音信也已经断绝，而方才的一场好梦，一醒来便没了凭据。无据的好梦，不正是她那不幸夭折的婚姻吗？希望来了，却又落空，叫人如何不恨？即使大醉了一场，心中依旧空虚，依旧寂寞无依，只好倚在枕边，静听春雨。

醉眼迷蒙中，看见屋内曲折的屏风，闻着和暖的沉香，心中却倍感悲伤，因为旧物令她想起了旧人、旧事。如今离别已久，应当有人挂念我的这颗寂寞芳心，知我心中几许忧愁。可是，茫然四顾，没有别人，只有形单影只的自己。于是懒懒起身，偷偷照一照菱花镜，镜中的人儿是那样清瘦，连自己都不忍看了。抬头一看，原来外面已是梅子酸时，杨絮漫天飞舞，乱莺急急啼鸣，仿佛是在催促春天离去。

"春恨"，恨的当真是春吗？其实不然，词人恨的不是春，恨的是春之将逝，是一切烂漫美好终将挽留不住。并非触景生情，而是以景衬情，其实，所有的外部景观只不过是词人内心的映射，正是由于她心中无限惆怅，暮春时节的景色才令她分外伤心。

"病酒"不是生病喝酒，《世说新语》记载有刘伶病酒的轶事，病酒即嗜酒。酒在人类的审美活动中具有其他物品无法取代的重要地位。宋朝才女多爱饮酒，并且常常喝到醉。在女性文学的审美活动中，有关酒的内容十分丰富，大量的作品都描写了在酒的文化氛围中，女性潇洒、坚强、多情的鲜明个性，并且借用酒在远离现实、超越现实方面更为真切地表现了她们独立觉醒的意识，同时也使她们在礼教束缚中焕发了更加绚丽夺目的光彩。

吴淑姬的《祝英台近·春恨》就是酒中伤春的代表作，"病酒无聊"带着经历风雨之后的人生体验，饮酒驱遣愁怀，却不得释放，借春抒情，由自然界的春光春色，想到自己的美貌及青春将逝，伤春所以恨春归去，留春却“乱莺闹，催将春去”。她将自然韶光无法拥有永恒美的矛盾，延展到了对自己日益流逝的生命与青春无法完全占有的忧伤。酒帮助她脱离既有的封建礼教桎梏，恢复其应有的人性。她洒脱不羁、野逸率真和勃郁着热烈生命气息的鲜明个性，在酒的香气里完全散发了出来。

誓不再嫁——谢了荼蘼春事休

我们感动于张玉娘为爱成殇，为情赴死，也庆幸于吴淑姬未陷太深，不至销魂。从忧伤中恢复过来的吴淑姬，渐渐显露出了独立的个性。她再也不愿意随波逐流，轻许婚事，不愿意把自己的命运交到别人手中。嫁或不嫁，嫁与谁，她要自己决定。于是，当她的父亲不忍她年少孤独，想再为她说门亲事时，她断然拒绝道："除非断簪复合，否则我誓不再嫁。"

吴父深深地叹了口气，不再相逼。从这天起，吴淑姬收拾好心情，重振精神，每日弹琴读诗，赏花看水，倒也自得其乐。

然而，痛定思痛后的云淡风轻，毕竟不同于年少无知时的天真烂漫。即使人已不再消瘦，可以细细地照着菱花镜了，也难以抵挡那份深藏的伤怀在心中荡起的涟漪。看着四时景换，流年易老，惬意终究难遣闲愁。

谢了荼蘼春事休。无多花片子，缀枝头。庭槐影碎被风揉。莺虽老，声尚带娇羞。

独自倚妆楼。一川烟草浪，衬云浮。不如归去下帘钩。

心儿小，难着许多愁。

——《小重山·春愁》

如《小重山》这类抒发离愁别恨的诗词，历代曾有许多词人墨客创作过，其中也不乏名篇佳作。温庭筠的《梦江南》："梳洗罢，独倚望江楼。过尽千帆皆不是，斜晖脉脉水悠悠，肠断白蘋洲。"吴淑姬这首词，题材就完全相同。有温庭筠这样的妙语在前，后来人想超越，绝非易事。吴淑姬却能别出心裁，翻新花样，构思布局，绝无雷同，甚至更胜一筹。

温词单写女子倚楼眺望等待远人不归的惆怅，表现出一种淡淡的哀伤，吴词同样是女子倚楼，却既写相思，又写青春，展现了女性作者独有的纤巧和柔美。她不写满地落英，却写枝上残花，"花片子"自铸新词，极具新意，令人眼前一亮；不写槐树被风摧，却写槐影被风揉，视角独特，令人拍案叫绝；不写杜鹃啼血，而写莺老声犹娇，寄托了女子不甘老去、青春常在的心愿。画面清丽，感情细腻。说是"谢了荼蘼春事休"，可花片子缀枝头，老莺声娇羞，都蕴含着春事将休未休，年华将老未老，相思半苦不苦的奇妙意味。

回到妆楼，倚楼凝望，便开始思远人了。同样登楼望远，不同词人笔下看到的景色是不同的，温庭筠在《梦江南》里看到的是"过尽千帆皆不是"，柳永在《八声甘州》里看到的是"误几

回，天际识归舟”。而吴淑姬笔下，看到的不是舟，不是帆，而是“一川烟草浪，衬云浮”。烟草连天，衬着白云浮动，好似浪涛滚滚，铺天盖地席卷而来。

“一川烟草”便是一川愁，这个写法在贺铸的《青玉案》中已经有了：“一川烟草，满城风絮，梅子黄时雨。”但烟草后面加一个“浪”字，化静为动，实属吴淑姬独创。明卓人月《古今词统》眉批云：“竹浪、柳浪、麦浪与草浪而四。”就是说吴淑姬自创的新词“草浪”，可与前人所创“竹浪、柳浪、麦浪”相媲美。

“花片子”用得够新，“被风揉”用得够绝，“烟草浪”用得够妙。

“不如归去下帘钩”，放下帘钩，是为了隔断草浪，挡住愁潮，可是，眼前草浪可不见，心中愁思又如何阻隔呢？其实，“不如”是一种自我排解的心态，晏殊在《浣溪沙》中写过“不如怜取眼前人”，也是一样的无奈，一样的雍容。“心儿小，难着许多愁”，写法类似于李清照《武陵春》中的“只恐双溪舴艋舟，载不动许多愁”。所以南宋黄昇评论称：“（吴淑姬）女流中黠慧者，有词五卷，名《阳春白雪》，佳处不减李易安也。”是很有道理的。

这首词全篇皆佳，而最广为流传的却还是开头那句“谢了荼蘼春事休”，语本宋代王琪《暮春游小园》中“开到荼蘼花事了”一句。大概是因为这一句让人无限惆怅，无限感慨，既是词中女子之慨，也是词人自身之慨，所以引起了广大读者的共鸣：失去并不是最可怕的，最可怕的是将要失去，自以为红颜老去，谁知青春还在。时光稍纵即逝，快得让人胆怯，仓促的流年打败了多少人，让多少青春措手不及地仓皇退隐。

此刻，吴淑姬更像一朵荼蘼花，在别人绽放年华时独自藏身，却又在别人凋谢青春之后毅然盛放。不一样，便不一样吧。她要在孤独里绽放，也要有人倾尽一生来陪，可是，等的人没来，寒箫冷月，暗夜沉寂，她低着头，偷偷垂泪。她倦了，她不知道为什么自己要有这么多的心思，做个普普通通的女子，心无旁骛地安稳度日，难道不好吗？那一颗小心儿，也不必装下这许多的愁。或许，她还没意识到，这闲愁是根植于春去秋来、花谢花开的永恒孤寂，是来源于灵魂深处、自然而然的深刻喟叹，是每一个才女都无计消除的。

终得圆满——玉簪复合姻缘至

她等的花开了，她等的人却还未来。每一朵花都开得寂寞，只有等到能读懂它的人出现，俯身细嗅，静静欣赏，才算成全一场完美的花事。人也是如此，每一个灵魂生而孤独，只有当与相投相合的另一半相遇时，这一生才算完满。吴淑姬是多情的，她以孤独为她所等待的人守身如玉。她等的是别人，也是自己，等自己满意，等自己做出选择，选出她要的那个唯一的答案。

这天，吴淑姬和往常一样，燃着熏香，翻阅着侍女为她新买来的诗集，结果，如同命运一般的，从书里掉出来一纸信笺，上面写着一首诗，落款是杨子治。吴淑姬好奇之下，仔细品读，发现这首诗与她以往看过的都不同，她越看越喜欢，于是叫来侍女，问她是怎么回事。侍女摇摇头，称不知，又说或许是书肆老板不小心夹进去了。

“那你可知这位杨子治是什么人？”吴淑姬问道。

侍女又道不知。

吴淑姬欲言又止，急切的心情因羞赧而按捺住了。侍女机灵，看出她的心思，主动说道：“小姐要是喜欢这位杨公子的诗，待我去打探打探，要他一卷诗来。”

吴淑姬闻言，脸上浮起一片红霞，低头不语，算是默许了。没几天，侍女便将杨子冶的一卷诗稿夹在别的书里，送到了吴淑姬的房间。自此，吴淑姬大门不出，二门不迈，整日捧着诗稿看，简直到了爱不释手、茶饭不思的地步。吴父纳闷，虽然知道他这个女儿向来热衷诗书，可痴迷到这个地步，还是第一次。

之后，还是在侍女的帮助下，吴淑姬与杨子冶开始了书信往来。曾经“芳信断”，到如今鸿雁传书，诗词传情，心意相通，融融泄泄，像是上天意外的恩赐，又像是失而复得的注定。一来二往，两人便暗定了终身。

有一天，吴淑姬告诉父亲：“玉簪已合，想必姻缘将至。”吴父大喜。果然不出几天，杨家便登门求亲，吴父一口应允。

新婚之夜，杨子冶问吴淑姬：“我听岳父说，你第一次结婚前，玉簪坠地而断，还没拜天地就出了事。可这次我上门提亲前，玉簪竟然再合了，难道真有这么神奇吗？”

吴淑姬神秘地笑了笑，回答说：“玉簪为我而断，难道就不能再为我而合吗？”那断了的簪如何再合，我们不得而知，究竟是谁帮她换了新的，还是她自己换了？我们无须在意，只要知道，这样聪慧的女子，本就该拥有幸福。

杨子冶闻言，开怀大笑。从此夫妇二人琴瑟和鸣，恩爱非常。婚后不久，和其他读书人一样，杨子冶要去参加科举考试

了。这天一早，吴淑姬将他送到渡口，望着帆船渐行渐远，她不禁生出满怀愁绪，张口吟道：

岸柳依依拖金缕，是我朝来别处。惟有多情絮，故来衣上留人住。

两眼啼红空弹与，未见桃花又去。一片征帆举，断肠遥指苕溪路。

——《惜分飞》

这是一首典型的送别词，以记叙事件的方式描写了送别的过程，并按照时间和空间顺序，由早到晚，由近及远。上片写离别之前柳岸相送的不舍，下片写离别之后临水远眺的悲伤，视野逐渐开阔，感情逐渐转浓，一气呵成，自然流畅。

“岸柳”即水岸边的柳树。“柳”谐音“留”，是古人送别相赠之物，柳永《雨霖铃》就有“杨柳岸晓风残月”之句。词人以物比人，写柳条低垂拖人衣，柳絮粘衣留人住，连草木都如此多情，更何况是面对离别的人呢？草木本无情，可在文人笔下，草木又总关情，其实，多情的是自己，因为心中有情，却不忍言说，只好将千千万万的无奈赋予草木。丈夫走后，词人又借助了另一个意象——桃花，来表达离愁。哭得双眼通红也无济于事，丈夫还没来得及看到家乡的桃花盛开，就又离去了，暗指相聚匆匆，相别太急。

在这首词中，吴淑姬选取了两个最容易抒发离别之苦的时刻——分别前与分别后，写法却别出心裁。分别前，两个相爱的人应有千言万语要诉说，泪眼蒙眬，深情叮咛，如柳永在《雨霖铃》中写的："执手相看泪眼，竟无语凝噎。"吴淑姬却没有直接写依依惜别的场面，而是借用柳条和柳絮的意象，曲折含蓄地表达了心中的不舍。分别后，应是心绪万端的惆怅，同是《雨霖铃》中所写："此去经年，应是良辰好景虚设。便纵有千种风情，更与何人说？"而吴淑姬写自己只有"两眼啼红""断肠遥指"，显得十分克制，更多的情绪还是寄托在桃花、征帆、苕溪路这些意象中。真可谓匠心独具，委婉绵延，余韵悠长，十分动人。

幸好，命运这一次眷顾了吴淑姬。杨子冶功成名就回来了，后来官至太守，经邦治政，名声很好。两人再没有分开，执子之手，与子偕老。多年以后，拿起那支重合的玉簪，不知淑姬可会感慨簪断簪合，缘散缘聚，是造化弄人，亦是情之动人。

名传后世——佳处不减李易安

在宋代词苑中，真正以作品著称的女作家，除了李清照，还有朱淑真、吴淑姬和张玉娘，她们被称为四大女词家。吴淑姬著有词集五卷，题名“阳春白雪”，今已佚。

吴淑姬在当时颇有名气，然而绝世的天才往往与不幸的身世结缘，唯其遭遇不幸，反过来倒进一步调动了创作的天才，增加了作品的内容，提高了它的艺术价值。

清朝末年，广西鹿寨县马村有一个叫马良的书生，一日外出会友，天黑回家，途中遇到滂沱大雨，便就近去一户人家借宿。这户人家本是富家，主人姓莫，读过一些诗文，颇喜附庸风雅，遂与马良对答诗文。莫公有个女儿，隔窗听着，对马良心生爱慕，当莫公答不上来为难时，她便走出闺房，替父亲解围。她对马良说：“我出上句，你对下句。上句是‘杜诗汉名士，非唐朝杜甫之杜诗’。”马良不假思索，当即对道：“孟子吴淑姬，岂邹国孟轲之孟子！”吴淑姬当时号称孟子。由此可知，宋代这位女词人的才名在清代尚有影响力。

《阳春白雪词》中的名作流传至今的仅存三首，然而它们都是艺术的珍品。她的《小重山》词题作“春愁”，其中“心儿小，难着许多愁”为人称道，严次山评此词说：“如怨如诉，自起自倒，诵之有难以为情者，匪直深于意态也。”另外《祝英台近·春恨》词中的“可堪梅子酸时，杨花飞絮，乱莺闹、催将春去”一句，也尤其为人称赞。

吴淑姬在中国女性文学史上占据着重要的地位，她不仅为百花齐放的诗词文坛增添了特殊的光彩，也为后世留下了宝贵的文化遗产。她独特的个性和生命精神，同样具有魅力，为我们展现了史上女性文学创作那绚丽妩媚的风韵，为我们呈现了女性文学创作的艺术魅力和审美情趣。吴淑姬已成史册上的一个名字，她的才华与悲欢共逐流光，成了一个传奇，一个故事。

透过薄薄的书页、稀疏的词行，我仿佛看到一位女子临窗而立，望着一年又一年的暮春，时而哀泣，时而欢喜，书案上的词笺越来越厚。突然，一阵风吹来，一沓词笺夺窗而出，四散飘零，有的落在水面，有的挂在树梢，仅有薄薄的一页，越飞越高，越飞越远。我凝视着它要去的方向，最后，它竟成了我手中的这一页。

脱枷侍饮——另外一位吴淑姬

另外一位湖州的吴淑姬就没有这么幸运了。她的父亲虽然是个秀才，却生不逢时，落魄潦倒，十几年下来，曾经的才气和志气渐渐消磨殆尽。吴淑姬貌美才高，不幸被一名富家子看中，用不多的银两强买走了。既是强买，不是妻，不如妾，而是物，地位之低可想而知。

更糟糕的是，这名富家子是一个纨绔子弟，经常拈花惹草，对她动辄打骂。吴淑姬内心痛苦不堪，几度逃跑，均以重新被抓告终，受尽折磨。不堪忍受的还有富家子，他想，自己买来的人，不但学会了反抗，还敢逃跑，这让他的面子怎么挂得住？再放任下去，恐怕每次派去抓她的家奴都要在背地里嘲笑他了。于是，在吴淑姬又一次逃跑失败后，富家子以奸淫的罪名将她告上了官府。当时王龟龄是湖州太守，经手此案。

吴淑姬被关进了大牢，又遭受了刑罚，精神和肉体都遭受了摧残。宋代是女性的悲歌时代。李清照“独抱浓愁无好梦”“欲将血泪寄山河”，朱淑真“临风对月，触目伤怀，悲愁断肠”，徐君宝妻“梦魂千里，夜夜岳阳楼”，王清惠“千古恨，凭谁说？对山河百二、泪盈襟血”，而吴淑姬的人生则负载着难以叙说的悲戚。晨闻寺钟响，暮雨溢花香，不闻虫鸟叫，但见月如霜。牢灯照房梁，哀怨如她，唯有泪悲啼。

官府里的一些幕僚听说过她的美貌与才气，都想一睹风采。于是有一天，一个有点儿威望的小头目带着几个幕僚到监狱里来看她。

摆好了酒菜，便让狱卒请吴淑姬来。小头目见吴淑姬虽然带着枷锁，但风度不减，气质高雅，连忙让狱卒为她打开枷锁，与大家一起畅饮。

席上，小头目对吴淑姬说：“我们久慕才女文采非凡，本官也是个怜才惜才的人。大家都知道你擅写词，所以你今天若是能即兴作一首自咏的好词，说说你现在的处境。我便想办法到太守那里为你说情，替你开脱罪名。不然的话，你这回就很惨了。”

吴淑姬说：“那就请出题吧。”

因当时正值冬末，小头目就以此景为题。吴淑姬目视窗外，飞雪刚过，梅花正在傲放清香，稍作沉思，很快就提笔写成了那首有名的《长相思令》：

烟霏霏，雪霏霏。雪向梅花枝上堆，春从何处回？

醉眼开，睡眼开，疏影横斜安在哉？从教塞管催。

云雾迷蒙，雨雪霏霏，已是冬暮初春，雪花堆到了梅枝上，都说春天要回来了，到底在哪里呢？睁开醉眼和睡眼，去寻找疏影横斜的梅花，可是梅花已经没了。这一句借用了林和靖咏梅的名句“疏影横斜水清浅”。春天不是她的，梅花也不是她的，只好让羌笛去催一催。刘禹锡《杨枝词》中有“塞北梅花羌笛吹”，张先又有《醉落魄》“横管孤吹……声入霜林，簌簌惊梅落”，吴淑姬也是想让羌笛发声，惊落梅花吧。

这首词是吴淑姬的呈文辩白，感情是哀怨的，心志却是激昂的。借助霜雪之苦与梅之高洁的意象，吴淑姬营造了梅花那寒冷凄寂的审美境界，融注了女性独特的生命体验。冬雪未消、春日未至，不正是她眼前的处境吗？可是，她并不灰心失望，她坚信春日一定会到来，就如同她一定能冲破封锁禁锢自己的寒冬。短短几句小词，果然应景，含蓄又有尊严地表白了自己的处境与心志，使人不能不闻之真切的呼唤而感动。

于是举座赞赏，尽欢而散。一个还未得到自由的女子能以小词令士大夫折服，确也不易，真可谓人也纵横，才也纵横。

第二天，大家带着这首词去向王太守求情，说吴淑姬实在是太冤枉了，请宽大处理。当然事情的结果是好的，王龟龄看罢这首词，没有怀疑，当即把吴淑姬释放了。

吴淑姬得到了狱卒和太守的赏识与同情，却没能得到世人的谅解。在这之后，她的名声已经无法挽回了，恢复了自由身的她却无人敢娶，而父亲早前就为了钱将她卖了，如今更是避之唯恐不及。春回大地，天高地阔，她却寻不到一个安身立命之所，只好孤苦无依地漂泊。直到有一天，周介卿之子周民来到了吴家那个破落的小屋，向她的父亲买她。周介卿是著名词人张元幹的好友，张元幹有首词《菩萨蛮·戏呈周介卿》就是写给他的。

吴父自然是欢天喜地，赶紧把吴淑姬找回来，把她嫁给了周民做妾。虽说是妾，但对吴淑姬来说已经是最好的归宿了。关于湖州吴淑姬的记载到此为止，她后来的生活我们不得而知，但从周民能在无人礼娶的情况下将她纳为妾室，还给她起了淑姬这个名字来看，多少也是有些真情的。

这两位吴淑姬身世迥异，却同样不愿将就，敢以柔弱之躯和灼灼才情向时代和命运发出抗争。数百年后的我们，读着她们留下的只言片语，也无法不为之动容。

钗头遗旧梦，幽词寄三生

辑二

庭院深处，离情别绪幽愁暗恨：魏夫人

魏夫人，名玩，字玉汝，世家女子，北宋女词人，被后人称为可以与李清照相提并论的女词人。

魏夫人的丈夫是北宋著名政治家曾布。曾家是个大家族，世代耕读，从曾布祖父辈起到曾布一辈，陆续出了19位进士。其中最出名的，一个是曾巩，另一个就是曾布。曾巩是大文豪欧阳修的弟子，唐宋八大家之一，留下了很多传世名作。在曾布十三岁的时候，曾父就去世了，可以说他是被兄长曾巩抚养长大的。曾布在文坛上虽没有太大的成就，却在政坛上闯出了一番大地，官至宰相。

曾家是钟鸣鼎食之家，自然要找一个门当户对的人家做亲家。由此推测，魏夫人的家境应该不差，这一点她的词作也可佐证。有一首《菩萨蛮》作于未嫁时，词云：

红楼斜倚连溪曲，楼前溪水凝寒玉。荡漾木兰船，船中人少年。

荷花娇欲语，笑入鸳鸯浦。波上暝烟低，菱歌月下归。

这首词写的是江南水乡，少年与少女划船游玩的画面。上片写景，由远及近，红楼前，溪水凝如寒玉，溪上荡漾着一只木兰船，船中有一位美少年。下片出现了女主人公，荷花娇羞，欲言又止，其实是以荷花暗喻少女，荷花的姿态便是少女的情态。少年笑着将船划入鸳鸯浦，画面一下子活泼起来。直到暮霭笼罩，明月东上，二人才唱着菱歌归去。全词轻快明丽，是词人少女时期的烂漫想象。

魏夫人和曾布在宋仁宗嘉祐二年（1057年）结为夫妻，同年，曾布为了猎取功名，抛下新婚娇妻与哥哥同赴汴梁赶考，并双双考取进士。这一年曾布二十二岁，魏夫人二十岁不到。曾布在政治上无德，在家庭生活上无情，他一面在官场积极钻营，一面频繁地出入茶楼酒馆瓦肆妓院，沉醉于温柔乡里，忘了家中苦苦思念他的妻子。魏夫人从此茶饭不思，日益憔悴，慵懒倦怠，只好将满腹幽怨寄托在辞章之上。

溪山掩映斜阳里，楼台影动鸳鸯起。隔岸两三家，出墙红杏花。

绿杨堤下路，早晚溪边去。三见柳绵飞，离人犹未归。

——《菩萨蛮》

这首词几乎通篇写景，只有最后一句点明离愁的主题。如此一来，虽是写景，却处处含情。斜阳映着山溪，鸳鸯双宿双归，“隔岸两三家”，家家俱团圆，对比之下，只有自己夫妻分离，形单影只。绿杨堤下是离别之地，早晚溪边是怀人之处。“三见柳绵飞”，说明丈夫离家已经有三年了，三年岁月无情流逝，她日日望，日日盼，却始终没有等到离人归来。临岸，裙裾惹了流水，透着难言心伤。经年愁绪，只增不减。哽咽无声，多了沧桑，多了心伤。

曾布参与了熙宁新政，在新旧党争中几进几出，历尽贬谪流徙之苦。大多数时候，两人都是聚少离多，音信不通。魏夫人独守空闺，离愁与寂寞一直折磨着她那颗敏感的心，于是写下了《好事近》：

雨后晓寒轻，花外早莺啼歇。愁听隔溪残漏，正一声凄咽。

不堪西望去程赊，离肠万回结。不似海棠阴下，按凉州时节。

词人表达“离肠万回结”的情感，不但写眼前的雨后莺啼，隔溪残漏，还用昔日海棠花下，共唱《凉州曲》的回忆，来反衬当下的凄凉苦楚。词风哀怨，愁情深重。她的词大多是此类伤别念远之作，如《阮郎归》：

夕阳楼外落花飞，晴空碧四垂。去帆回首已天涯，孤烟卷翠微。

楼上客，鬓成丝，归来未有期。断魂不忍下危梯，桐阴月影移。

如《江城子》：

别郎容易见郎难，几何般，懒临鸾。憔悴容仪，陡觉缕衣宽。门外红梅将谢也，谁信道、不曾看。

晓妆楼上望长安，怯轻寒，莫凭栏。嫌怕东风，吹恨上眉端。为报归期须及早，休误妾、一春闲。

又如《系裙腰》：

灯花耿耿漏迟迟。人别后、夜凉时。西风潇洒梦初回。谁念我，就单枕，皱双眉。

锦屏绣幌与秋期。肠欲断、泪偷垂。月明还到小窗西。我恨你，我忆你，你争知？

这些词作都是抒写离愁相思之作，语出天然，清新雅练，有时夹杂俚语俗话，更显率真质朴，带有鲜明的民歌风味。

宋代王灼《碧鸡漫志》卷四收录魏夫人《虞美人草行》“三军散尽旌旗倒，玉帐佳人坐中老。香魂夜逐剑光飞，青血化为原上草。芳菲寂寞寄寒枝，旧曲闻来似敛眉”之句，明代钟惺《名媛诗归》及清代陆昶《历朝名媛诗词》又收录了全诗。魏夫人以楚汉之争、虞姬殉情的典故感叹历史兴亡，表达了是非成败转头空的悲凉感慨，格调激越，颇为悲壮。宋代文人黄昇有云：“李易安、魏夫人，使在衣冠之列，当与秦七、黄九争雄，不徒擅名闺阁也。”

后人常常把魏夫人和李清照、朱淑真相提并论。宋代四大女词人另有一说，便是将吴淑姬改为魏夫人。朱熹就曾经说过：“本朝妇人能文者，惟魏夫人及李易安二人而已。”晚清著名词家陈廷焯对此做了进一步解释：“宋妇人能诗词者不少，易安为冠，次则朱淑真，次则魏夫人。”他认为魏夫人是仅次于李清照与朱淑真的。他还说：“魏夫人词笔，颇有超迈处，虽非易安之敌，然亦未易才也。”对魏夫人做出了很高的评价。

江南庭院，琵琶声悠久绵长，和着念想等待归人。眉目之间泛着一抹离夜之时的烛光，自从一别，岁月幽幽，她在等他给一个拥抱，她的世界将不再漆黑一片。但是，恍然醒来，院子里桃花开得依然那样浓烈，而她只拥有一个人的庭院。枕着嫩绿的青苔，心间低声吟唱着无尽的思念……

魏夫人还曾教导过一位张姓监酒使的女儿，张氏后来入宫当了女官。曾布显贵之时，曾在京为相，魏夫人被接到汴梁，封鲁国夫人。张氏不忘师恩，魏夫人离世后，写了一首《哭魏夫人》："香散帘帏寂，尘生翰墨闲。空传三壶誉，无复内朝班。"

凭栏听雨，开到寒梢独可爱：杨妹子

杨妹子，又称杨娃，关于她的身世，历来有两种说法：其一，杨娃乃宋宁宗杨皇后之妹；其二，杨娃便是杨皇后本人。持前一种说法的人如明代陶宗仪，他在《书史会要》中记载：“杨妹子，杨后之妹。书似宁宗。远画多其所题，语关情思，人或讥之。”持后一种说法的人如现当代著名学者启功先生，他在《谈南宋画上题字的“杨妹子”》一文中认为，杨娃即杨姓之误，杨姓即杨后。随着学者对杨娃研究的进一步深入，杨皇后与杨娃同为一人的说法逐渐为学术界所认可。

我个人也认同杨妹子与杨皇后实为一人之说。我之认同是缘于《宋史》。《宋史》本纪第三十七载：“二月戊辰，减诸路杂犯死罪囚，释徒以下。己巳，雨土。己卯，率群臣奉上《圣安寿仁太上皇玉牒》《圣政》《日历》《会要》于寿康宫。甲申，封婕妤杨氏为贵妃。”在列传二之后妃下也有记载：“恭圣仁烈杨皇后，少以姿容选入宫，忘其姓氏，或云会稽人。庆元元年三月，封平乐郡夫人。三年四月，进封婕妤。有杨次山者，亦会稽人，后自谓其兄也，遂姓杨氏。五年，进婉仪。六年，进贵妃。恭淑皇后崩，中宫未有所属，贵妃与曹美人俱有宠。”

关于杨次山，《宋史》列传第二百二十四外戚下记载：“杨次山，字仲甫，恭圣仁烈皇后兄也，其先开封人。曾祖全，以材武奋，靖康末，捍京城死事。祖渐，以遗泽补官，仕东南，家于越之上虞。次山仪状魁伟，少好学能文，补右学生。后受职宫中，次山遂沾恩得官，积阶至武德郎。”

在以上资料中，我们没有看见一丝关于杨皇后有一位妹妹的记载。并且，学者们的研究还表明，元代有个浙江人叫吴师道，他在《礼部集》题《仙山秋月图》一诗下自注云：“宫扇。马远画。宋宁宗后杨氏题诗，自称杨妹子。”

杨妹子，这位皇后自称杨妹子。看，这名字让人感觉既热情又年轻，真不错！

其实，杨妹子并不以诗词著名，她存诗六首，词一首，远没有她的书法作品那么多。因此，很多熟读文学史的人并不知晓杨妹子的存在，反而是熟悉书画史的人了解得更多。杨妹子的书法作品《楷书清凉境界七绝》曾经在嘉德2013秋拍以港币2300多万的高价成交。北京故宫博物院、美国大都会博物馆都存有杨妹子的书法作品。清代人姜绍曾在《韵石斋笔谈》中这样评论杨娃的

书法——“波撇秀颖，妍媚之态，映带漂湘”。

杨妹子所存的诗歌多为题画诗，如《题菊花册》：

莫惜朝来准酒钱，渊明身即是花仙。

重阳满满杯中泛，一缕黄金是一年。

她的诗风清丽飘逸，既有女子的委婉清雅，又有男儿的潇洒飘逸。如《题马远画梅四幅》：

其一：

重重叠叠染缃黄，此际春光已半芳。

开处不禁风日暖，乱飞晴雪点衣裳。

其二：

铢衣翠盖映朱颜，未识何年入帝关。

默被画工传写得，至今犹似在衡山。

其三：

夭桃艳杏岂相同，红润姿容冷淡中。

披拂轻烟何所似，动人春色碧纱笼。

其四：

浑如冷蝶宿花房，拥抱檀心忆旧香。

开到寒梢犹可爱，此般必是汉宫妆。

又如所存唯一的一首词作《诉衷情·题马远松院鸣琴》：

闲中一弄七弦琴，此曲少知音。多因淡然无味，不比郑声淫。

松院静，竹楼深，夜沉沉。清风拂轸，明月当轩，谁会幽心。

在这一首词中，我们可以感受到这个诗书词画俱佳的才女的情思与才华。众所周知，中国古代的书画非常讲究意境，追求“诗中有画，画中有诗”的境界。一幅优秀的书画作品完成后，往往会请朋友、名家在空白处题上一首与所画内容相关的诗词，最后再加盖印章，使得作品集书画、诗词、印章于一身，成为一种独特的艺术形式，让人在读诗看画的同时享受多层次的艺术境界。

她行笔至此，我们完全可以想象出画面的内容：一座山间的清幽小院，院中种满松竹，清风拂过，松香扑面，竹影婆娑。那隐藏在竹楼深处的弹琴人，突然拨动琴弦，发出了一声悠长的叹

息，仿佛天籁，与这明月清风下的竹楼相应，仿佛是这人间不可多得的美景。而那个神秘的弹琴之人始终没有露面，他或许是一位隐士，或许是一位高僧，或许是一位遗世而独立的世外高人。他的心事，他的情思，无人能解，只有借助着缥缈悠远的琴音，传达到世人的耳中。这样清幽雅丽的境界，在杨妹子的诗歌中较为常见，这个多才多艺的女子，也是娴静如娇花临水，情思细腻而幽远。

除了书画诗词外，杨妹子的政治生涯同样令人惊奇不已。嘉泰二年（1202年）被封为皇后；开禧三年（1207年）和史弥远设计杀死将军韩侂胄（南宋开禧中平章军国事，封平原郡王，加太师。历史对其功过评价褒贬不一）；嘉定十七年（1224年）亲立赵昀为太子，这就是后来的宋理宗；六十二岁那年开始垂帘听政；七十岁大寿时追加尊号为寿明仁福慈睿皇太后，大赦天下；绍定五年（1232年）病故，享年七十一岁。

天人两隔，泪痕红浥鲛绡透：唐婉

浙江绍兴鲁迅中路，坐落着一座古色古香的园林，入目绿树成荫，小桥流水环绕着亭台楼阁，是典型的江南景色。孤鹤亭、半壁亭、双桂堂、八咏楼、宋井、射圃、问梅槛、钗头凤碑、琴台、广耜斋鳞次栉比，充满诗情画意。这就是著名的沈园，又叫沈氏园，因园林最初的主人是一位沈姓富商而得名。每天都有全国各地的游客慕名而来，慕的却不是这位沈富商，而是一个流传了数百年的爱情悲剧。我们或许很难想象，曾经有一位七旬老人，蹒跚着脚步，独自走进这座园林，斜阳画角，桥下春波，触目恸心，泪如泉涌。年逾古稀，理应世事通透，无喜无忧，可是一想起曾经生离，如今死别，到头来如何能不悔，如何能不恨？

老人就是陆游，他所哭之人正是自己一生所爱——唐婉。

唐婉，字蕙仙，是陆游舅舅唐闳的女儿，自幼文静聪慧，不爱说话却善解人意，貌美且有才情。她是陆游的第一任妻子，

与陆游两情相悦，后因陆母偏见而被拆散。她也因此写下著名的《钗头凤·世情薄》，词写就没多久，一代佳人唐婉便香消玉殒，抑郁而终。因此而有了陆游众多纪念佳人的千古绝唱。

陆游和表妹唐婉两小无猜，青梅竹马，耳鬓厮磨，情投意合，两人于宋高宗绍兴十四年（1144年）喜结良缘。婚后，他们“伉俪相得”“琴瑟甚和”。整天谈诗论词，簪花绣蝶。两人真像是小说戏文里的才子佳人，一个满腹诗书，一个温婉贤淑，真叫人只羡鸳鸯不羡仙。

相爱不易，相知难得，能与既相爱又相知的人结婚，简直是人世间莫大的幸福。更何况他们两人不仅英俊美貌，而且才华横溢，待在一起总有说不完的诗话，诉不尽的衷情。两人新婚宴尔，酬唱相和，甜甜蜜蜜，很是恩爱。

就在两个人被幸福包围的时候，让人始料不及的事情发生了：陆游的母亲居然要儿子休妻，也就是说逼迫他们离婚。

论血缘关系，陆母是唐婉的姑妈，她也曾非常喜欢唐婉，否则也不会将精美无比的家传凤钗当作信物送给唐婉，与唐家订下这门亲上加亲的婚事。但是，为何唐婉嫁进陆家没几年，陆母突然就不喜欢她了呢？

原来，正是两人的恩恩爱爱害了他们。古代的男人讲究出将入仕，陆母对陆游一直抱着很大的期望，希望他能金榜题名，光耀门楣。但是，自从唐婉嫁过来之后，陆游整天沉溺于温柔乡，只顾谈情说爱，忽略了功名。这就招致了陆母的不满。于是，陆母先是埋怨唐婉婚后一直没有孩子，后又指责唐婉不督促丈夫考取功名，致使陆游荒废了学业。无论美丽柔情、知书达理的唐婉怎么努力表现，也不能见容于她的婆母暨亲姑母。

一日，陆母来到郊外无量庵，请庵中尼姑妙因为儿子和儿媳妇卜算命运。妙因一番掐算后，煞有介事地说："唐婉与陆游八字不合，先是予以误导，终必性命难保。"陆母闻言，吓得魂飞魄散，急匆匆赶回家，叫来陆游，强令他道："速修一纸休书，将唐婉休弃，否则老身与之同尽。"然后陆母按照算命人所教授的办法，细数唐婉种种不是，陆游心痛如刀绞，可是他一向孝顺，面对母亲的责难和坚决，除了默默承受，暗自饮泣，别无他法。于是，这一对相爱的情侣就这样被拆散了。

为了防止二人私下往来，陆母强迫陆游娶妻王氏，彻底切断了陆游与唐婉之间的悠悠情丝。唐婉在陆游再婚后不久，也迫于父命改嫁给同城的读书人赵士程。赵家系皇家后裔，门庭显赫，赵士程又宽厚温和，作为丈夫并不比陆游差。他对遭受情感挫折的唐婉表现出了诚挚的同情与谅解，让唐婉饱受创伤的心灵渐渐温暖起来。

之后，陆游在母亲严厉的教导之下，只得收起满腔的怨愤，全心投入功名事业。埋头苦读三年，他终于在二十九岁那年离开故乡，奔赴临安，参加"锁厅试"（现任官员及恩荫子弟的进士考

试）。陆游在临安得到了考官陈子茂的赏识，被评为榜首。

名列第一的陆游并不知道，获取第二名的恰好是当朝宰相秦桧的孙子秦埙。秦桧深感脸上无光，就在第二年春天礼部会试时，借“喜论恢复”之由，将陆游的试卷剔除。于是，复试时，陆游就被除名了。如此一来，报国理想覆灭的陆游，只能怅然回乡。家乡的风景依旧，桃花处处烂漫，陆游更觉得郁郁寡欢。为了排遣心中愁绪，他开始混迹于山野酒肆，或探访幽游，或把酒高歌，过得十分放荡。

在一个百花争妍的春日晌午，陆游随意漫步，来到了城外禹迹寺南的沈园。这里布局典雅，环境优美，园内草木滴翠，山石耸立，曲径通幽，正是春游赏花的好地方。虽然连年的战事让沈园人烟寥落，但园内繁花竞艳，妖娆依旧，勾引起了仕途受挫、正四处悠游散心的陆游的雅兴。

不知何时，从园林深处的小径上迎面走来了一位华服女子，陆游猛地抬起头，竟然是阔别多年的前妻唐婉。这次相遇距他们上一次见面已有十年，在没有奢求的时候能够意外重逢，不得不说是命运所给的恩赐。时光仿佛突然停住了，两人的目光被彼此吸引住，再也无暇去看周遭的风景。恍恍惚惚间，不知眼前人是真还是梦，不知盈盈秋水中含的是爱还是怨。

这些年来，陆游虽然与唐婉天各一方，思念却从未停止过，他一直借着苦读和诗酒压抑着心中的感情。重逢的这一刻，两人各自深埋的旧日情愫一下子全都涌了出来。心中有千言万语，可到了嘴边，却不知从何说起。

过了好一阵，已改嫁作他人妇的唐婉提起沉重的脚步，沉默着与他擦肩而过。走了不远，又回眸，深深地望了一眼仍在原地发呆的陆游，轻轻地叹了口气，摇着头走远了。唐婉明白，这条飞絮缤纷的幽径，已不是二人可以执手同行的了。他们之间，言语已是多余，能够像这样远远地互相凝望一次就足够了。曾经那样轻易地就放开了彼此紧握的手，如今，便不能再轻言相守了。转身之后，那一地，落满的是叹息，是怅惘，是经年的遗憾与忧伤。

一阵暖风吹来，吹醒了沉醉在旧梦之中的陆游，他迈开脚步，情不自禁地追着唐婉的身影而去。到了池塘边的柳树下，他远远看见唐婉与丈夫赵士程正在池中水榭上进食。只见唐婉颔首低眉，言笑晏晏，与赵士程浅斟低酌。曾几何时，坐在她对面的人是自己啊！想到这里，陆游的心都碎了。

这时，唐琬也看见了柳树下呆呆站着的陆游。在征得丈夫的同意后，唐婉派人送去酒食，与陆游隔湖而饮。

三人沉默地喝着酒，最难受的人应该是赵士程了。他虽然是个磊落大度之人，但眼看着妻子和她的前夫欲说还休，心里也不由得泛起一阵酸涩之感。只是，不管心里多么难受，他依然在“爱你的人和我爱的人”里扮演着“爱你的人”，无怨无悔。

酒越喝越淡，人愈想愈伤。考场情场双失意的陆游心如刀

割，情感的出口便是诗词。旧时情梦如梦去，今日痴怨怨难休，梦与怨皆化作万端感慨。悲痛之余，陆游在沈园墙上留下字字泣血的千古伤心之词——《钗头凤》：

红酥手，黄縢酒，满城春色宫墙柳。东风恶，欢情薄，一怀愁绪，几年离索。错、错、错。

春如旧，人空瘦，泪痕红浥鲛绡透。桃花落，闲池阁，山盟虽在，锦书难托。莫、莫、莫。

一双红润柔软的手，送来一壶飘香的黄縢酒，适逢满城春色，绿柳成荫。如此盛景，无情的东风却吹散了往日的欢情。愁绪满怀，想着离别后数年孤苦，都是当初自己犯下的错啊！未能抗争是错，没有挽留是错，如今相见不相亲的局面，更是错。连用三个“错”字，陆游心中该有多少懊悔啊！春色一如往昔，人却因相思白白消瘦，泪水和着胭脂，湿透了锦帕。桃花飘零，池阁冷落，海誓山盟还记得一清二楚，而饱含深情的信笺，却不知该寄往何处。罢了！罢了！罢了！

结果是出人意料的，再嫁后的唐婉原本幸福的生活被这一首词给粉碎了。

沈园的怆然而别让唐婉的心绪久难平复，第二年春天，她故地重游，忽然瞥见了陆游留在墙上的词。园墙上的《钗头凤》墨迹斑斑，她反复吟诵，想起往日二人诗词唱和的情景，不由得泪流满面。唐婉强忍着伤心，也在墙上和了一首《钗头凤》：

世情薄，人情恶，雨送黄昏花易落。晓风干，泪痕残，欲笺心事，独语斜阑。难、难、难！

人成各，今非昨，病魂常似秋千索。角声寒，夜阑珊，怕人寻问，咽泪装欢。瞒、瞒、瞒！

上片开头“世情薄，人情恶”是对封建礼教和世态炎凉的控诉。雨送走了黄昏，打落了花瓣，象征自己被辜负的青春年华和被摧残的美好爱情。晨风吹干了昨晚的眼泪，徒留泪痕，也想将心事写下寄出，却只能斜倚栏杆，默默独语。难、难、难！心中的人天各一方，今非昔比，病怏怏的心魂如同秋千绳索，晃晃悠悠。角声寒冷，长夜将尽，怕人问起心事，只有忍住泪水，强颜欢笑。瞒、瞒、瞒！

陆游的词讲究情景交融，借景抒情，通过今昔对比的手法，描绘了一幅凄凉悲怆的画面，表达了悔恨交加的心情。唐婉的和词则不同，她采取的是独言独语、自怜自怨的心理视角，富有独特的女性韵味，缠绵心酸之情惹人怜惜。两人由于各自性格、遭遇不同，采取不同的写作手法，表达的情感却同样真挚，两首连起来读，更是相映生辉，令人叹惋。

写完最后一个字，这个可怜的女人也为爱情流干了最后一滴泪。不久之后，唐婉便郁闷愁怨而死，《钗头凤》成了她的绝笔。陆游得知唐婉的死讯后，痛不欲生，“沈园题词”成了他永远的痛，永远的伤。

后来，陆游多次到沈园题诗怀念，在愧疚中怀想她的一生。这座烟雨沈园不仅记录了陆游和唐婉那一段凄婉动人的爱情故事，还留下了陆游此后无数怀念的诗作。如《沈园》二首：

其一：

城上斜阳画角哀，沈园非复旧池台。

伤心桥下春波绿，曾是惊鸿照影来。

其二：

梦断香消四十年，沈园柳老不吹绵。

此身行作稽山土，犹吊遗踪一泫然。

斗转星移，时过境迁，沈园景色早已不复当年，墙上的字也早已褪了墨痕，无迹可寻。但这几首记录了陆游与唐婉之间爱情绝唱的诗词，却世世代代流传下来，感动了无数后人。

情有终，亦无尽。爱到刻骨铭心，便成了永恒。

只知愁，一枕凄凉眠不得：驿卒女

早在先秦时期，中国就已经有了驿站，不过那时候叫“邮”。当时的公文和军情基本都是依靠人力步行递送，因此，邮与邮之间的距离大概是一个成年人当天能够往返的距离。秦统一六国后，规定“三十里一传，十里一亭”，“亭”既是乡以下的行政和治安机构，又兼有公文通信的功能，就这样全国建立起了密集的“邮亭”网络。

汉初“改邮为置”，将原来的步行递送公文改为骑马递送，还附属有招待食宿的“馆”和马厩，负责接待过往官员和专使。到了唐代，政府把原来的“邮”“置”“驿”等各类大小驿站统一改为“馆驿”，在“驿”之外专设“馆”，专门负责食宿。唐代驿站遍布天下，盛唐时期，全国共计有驿站1600多座。

宋朝的疆域虽没有唐朝广阔，驿站数量却比唐朝多，约有3600多座。并且，宋朝开始出现了“邮”“驿”“馆”分离的情

况：传递书信公文的“邮”逐渐按军事编制归兵部管理，称为“递铺”；“馆”开始作为真正的“政府招待所”独立存在，而不再附属于“驿”。

“馆”招待的一般都是有功名在身的文人骚客。孤身一人投身驿站，青灯孤影，漫漫长夜，难免有寂寥萧索之感，那如何排解这种情绪呢？古时的驿站通常都有一个“题壁”，所谓题壁，其实就是一堵白墙，名称也不固定，可以叫客壁、驿壁、诗壁等，专供住宿的客人“题诗”所用。林升那首著名的《题临安邸》，就是留宿杭州城外驿站时，写在题壁上的。

山外青山楼外楼，西湖歌舞几时休？
暖风熏得游人醉，直把杭州作汴州。

宋乾道六年（1170年），陆游赴任夔州（今重庆奉节一带）通判，一路奔波，自然要在驿馆里休憩。每到一处驿馆，他都要到题壁前看诗。这日，陆游在驿馆用罢晚餐，就挑灯去了题壁前，细细观摩。

忽然，一首笔迹很新的诗引起了他的注意。

玉阶蟋蟀闹清夜，金井梧桐辞故枝。
一枕凄凉眠不得，呼灯起作感秋诗。

陆游反复吟诵，越读越觉凄凉，仿佛勾起了他心底最深的伤痛。蟋蟀哀鸣，梧桐叶落，只有心中无限孤苦、不得入眠的人才能听得如此细微之声吧！

第二日，陆游就向驿馆的人打听这首诗的作者。当他得知这首诗出自驿馆老驿卒的女儿之手时，就要求见见这个女孩。

女孩布衣荆钗，大大方方走上前来。陆游定睛看了一眼，顿时呆住。

女孩那温婉聪慧的气质与一个一直徘徊在他心底的美好身影重合，那是他一刻也不曾忘却，每次想起就心如刀割，已经成为他这辈子最甜蜜最痛苦的梦魇的人。

她就是陆游的前妻，唐婉，已经离世十余载。

陆游在这家驿馆住了下来。女孩每天陪着他，吟诗作对。陆游仿佛回到了和唐婉新婚的时刻，“绿衣捧砚催题卷，红袖添香夜读书”。

陆游更舍不得离开了。但是，他又不能久留，宋代有规定，在招待所的官员最多只可以住一个月，以妨耽误公事。不光如此，陆游一直以来北伐中原的梦想也需要自己继续努力。于是，他想了一个两全之策：上门提亲，纳其为妾。年老的驿卒见自己的女儿能有这样好的归宿，也甚为欣慰，一番叮嘱后便把女儿送出了家门。

于是，陆游带着新纳的小妾前去赴任。公务之余，两人经常

花前月下，衔觞赋诗，一如当初与唐婉新婚之时。

不久，陆游的妻子王氏也来到蜀地，见到了这个侍妾。王氏善妒，容不下他们二人在自己面前轻歌曼舞，诗词相和，仅仅半年时间，便要陆游将这个新纳的小妾赶出家门，送回原籍。陆游抗争无效，只得含泪把她送走。

临别时，女子作了一首《生查子》：

只知愁上眉，不识愁来路。窗外有芭蕉，阵阵黄昏雨。

逗晓理残妆，整顿教愁去。不合画春山，依旧留连住。

小令清雅哀婉，女孩的才情可见一斑。这个渴望爱和温柔的女子，独自凭窗落泪，听雨打芭蕉，黯然对镜长叹，那么美的青春年华，满腔的情思，都化作一抹相思泪。

陆游在母亲的霸道下，不能保护爱人；在妻子凶悍时，他依然败退。驿卒女与唐婉一样让人心疼，抛开门第身份不说，她们都是文雅细腻多情的女子，都将自己的人生融入大诗人陆游的人生画卷中。他只是路过她们的爱情，她们却搭上了一生。唐婉后嫁的赵士程对她很好，驿卒女也完全有机会再寻幸福，只是，她们都放弃了，一个郁郁而终，一个老死驿站。

女人一生中会遇到无数的人，有些人是用来生活的，有些人是用来成长的，有些人呢，只是用来怀念的。驿卒女和唐婉错就错在把自己的一辈子都倾注在一个男人身上，希冀他是那个可以陪自己一辈子，爱自己一辈子，值得自己相思一辈子的人，因此，才有了这令人痛惜的结局。

宋乾道九年（1173年），陆游改任蜀州通判，二赴锦官驿馆，写下了《寓驿舍》：

闲坊古驿掩朱扉，又憩空堂绽客衣。
九万里中鲲自化，一千年外鹤仍归。
绕庭数竹饶新笋，解带量松长旧围。
惟有壁间诗句在，暗尘残墨两依依。

“惟有壁间诗句在，暗尘残墨两依依”，当年两情相依，缠绵悱恻，如今都已无可追回，唯有壁上的旧诗句，在灰尘掩盖下依稀可辨，记录着当年旧情。他轻抚墙壁，怎能不伤怀？

宋淳熙五年（1178年）二月，陆游在成都东城外后蜀燕王宫故址张园赏梅，意外地遇见了当年的侍妾驿卒之女。这是他们都没有想到的偶遇，也是他们今生的最后一面。两人悲喜交集，陆游写了《解连环》一词相与：

泪淹妆薄。背东风伫立，柳绵池阁。漫细字、书满芳笺，恨钗燕筝鸿，总难凭托。风雨无情，又颠倒、绿苔红

萼。仗香醪破闷，怎禁夜阑，酒醒萧索。

刘郎已忘故约。奈重门静院，光景如昨。尽做它、别有留心，便不念当时，两意初著。京兆眉残，怎忍为、新人梳掠。尽今生、拼了为伊，任人道错。

曾经的小妾看到后百感交集，为这首词感动不已，随即回了一首《鹊桥仙》：

说盟说誓，说情说意，动便春愁满纸。多应念得脱空经，是那个、先生教底？

不茶不饭，不语不言，一味供他憔悴。相思已是不曾闲，又那得、工夫咒你？

惊魂一瞥之后，两人各自回首，从此天各一方，只把对方留在记忆里，苦苦思念。把时间都用来相思都不够用，哪里还有时间来恨你？这是舍不得恨，不忍心咒啊！

簪花别，蛾眉不展天上月，天上月，玉楼春色，广陵成绝。浮烟不掠斜阳咽，纤尘浸染愁肠结，愁肠结，雨狂花谢，玉人思雪。素月霓虹舞芳菲，柳辞歌处已轮回。天涯远旧梦，落花成冢，零落魂魄碎西风。青丝生白发，红尘陌路，两情何处再相逢？

惜多才，怜薄命，此身已轻许：戴复古妻

戴复古是南宋著名词人，浙江黄岩人，生于宋孝宗乾道三年（1167年），卒年不详，大概活了八十多岁。他出身贫寒，一生不仕，浪迹江湖，后隐居于南塘石屏山，被世人尊称为石屏先生。戴复古诗词俱工，其诗受晚唐诗风和江西诗派影响，词风则偏豪放一派，受词雄辛弃疾影响明显，著有《石屏词》，存词四十五首。戴复古生活在南宋小朝廷苟安一隅的时期，因此词中多关切国运、抒发悲愤之语。如《满江红·赤壁怀古》：

赤壁矶头，一番过、一番怀古。想当时、周郎年少，气吞区宇。万骑临江貔虎噪，千艘列炬鱼龙怒。卷长波、一鼓困曹瞒，今如许。

江上渡，江边路。形胜地，兴亡处。览遗踪，胜读史书言语。几度东风吹世换，千年往事随潮去。问道傍、杨柳为

谁春，摇金缕。

戴复古早年曾做过小官，但因其个性耿直，没几年就被流放到了江西武宁。到了武宁以后，他结识了当地的一个富人，富人爱其才华，就将女儿许配给了他。女孩才貌俱佳，知书达理，戴复古气度不凡，又有才名，两人非常般配。

三载恩爱时光，郎情妾意，你侬我侬，富贵优游，美满幸福。三年后的一天，戴复古突然对妻子说了实情，原来他是流放到此地的，现在三年期限已满，他要回家乡去了。善良的妻子通情达理，并没有责怪他，只是要求随丈夫同行。结果，她却听到了更为残酷的消息：戴复古不可能把她带在身边，因为在流放之前他就已经娶妻生子了！而且，他的原配夫人凶悍善妒，是绝容不下她的。

戴复古妻顿时如五雷轰顶，五脏俱损，心如刀绞，万念俱灰。她回到房间，脚步如铅般沉重，颤抖着提起笔，却一个字也写不出来。外面是凄风苦雨，心里亦是无边苦海。苦，不堪言。

当滚烫的鲜血涌向喉间，她有了灵感，于是在痛哭中蘸着血写就了那首著名的《祝英台近》：

惜多才，怜薄命，无计可留汝。揉碎花笺，忍写断肠句。道傍杨柳依依，千丝万缕，抵不住、一分愁绪。

如何诉？便教缘尽今生，此身已轻许。捉月盟言，不是梦中语。后回君若重来，不相忘处，把杯酒、浇奴坟土。

这分明是她的绝命词！说什么“执子之手，与子偕老”，不过是一场谎言空欢喜罢了。“捉月盟言，不是梦中语。”“捉月”是一句典型的甜言蜜语，说的是戴复古娶她的时候，说只要她喜欢，就连天上的月亮都能摘下来送给她。她满心哀怨地控诉：这句话当初是你亲口说的，并不是我的梦中语，可是才三年的时间，怎么就落空了呢？可是尽管戴复古薄情寡义，她依然爱着他。尤其是最后一句，已经明明白白地告诉了戴复古，她准备殉情自杀。可戴复古依然无动于衷，拿上妻子赠予的钱物上路了。

戴复古妻泪眼迷离地看着他走远，她知道，这不是分别，而是永诀，此生永无相见之日！是的，一切都结束了，她的爱情就这样终结了，她的生命和青春也随之终结了。她无尽的悲痛化成滔滔泪水，痛哭以后，她从容转身将自己投进水中，带着重重的辛酸与伤痛永远地告别了这个残酷的人世。

她转身赴死，绝望得彻底，以自己的身躯祭奠死去的爱情，祭奠曾经抱有的美好幻想。心死了，这世间还有什么可留恋的？

而那个造成这一悲剧的男人，回到家中，用第二任妻子赠予的钱物继续着他的优游人生。武宁的那三年情感和那位痴情美丽

的女子，只存于他的记忆中。虽然他确实回去看过她，但那时佳人已香消玉殒，距离那段惨烈的殉情，也已经过去整整十年。十年时光，一生一死两茫茫，只留一抔黄土供他缅怀。

据说，戴复古曾在她的坟前痛哭流涕，不能自已，并且还为她写了一首《木兰花慢》：

> 莺啼啼不尽，任燕语、语难通。这一点闲愁，十年不断，恼乱春风。重来故人不见，但依然、杨柳小楼东。记得同题粉壁，而今壁破无踪。
>
> 兰皋新涨绿溶溶。流恨落花红。念着破春衫，当时送别，灯下裁缝。相思谩然自苦，算云烟、过眼总成空。落日楚天无际，凭栏目送飞鸿。

那三年的幸福恩爱，好似过眼烟云，终是一场空。

她为他死，他在十年间却只感到"一点闲愁"，并将自己亲手酿成的悲剧视作"云烟，过眼总成空"，一派置身事外的姿态。一生痴情错付薄情，她若是看到身后景象，心中可有后悔？再深再苦的情，时过境迁后也都散了，连坟前的一声叹息都是那么轻轻淡淡。

强将津唾咽凡心，怎奈凡心转盛：陈妙常

陈妙常的故事见于《古今女史》和明代高濂著的杂剧《玉簪记》。《古今女史》载：“陈妙常尼，年二十余。”冯梦龙的《情史类略》载：“陈妙常，宋女贞观尼姑也，年二十余，姿色出群，能诗，尤善琴。”由此可见，陈妙常是一个出家人。但是，人性不是戒律所能禁止的，美丽多情的她勇敢地冲破枷锁，与书生潘必正谱写了一曲爱情之歌。“中国古代十大喜剧”之一的《玉簪记》，记载的就是陈妙常和潘必正的爱情故事。

陈妙常是南宋高宗绍兴年间临江青石镇郊女贞庵中的尼姑，出身于官宦之家，只因她自幼体弱多病，父母才将她舍入空门，在女贞庵中削发为尼，诵经礼佛。空门多暇，陈妙常又好学不倦，因此，她不但诗文俊雅，还兼工音律，十五六岁时已经出落得美丽异常，艳美照人。她与潘必正的千古姻缘还得从南宋大名士张孝祥说起。

张孝祥很不得了，相传他曾在抗金名将张浚的席上赋一首《六州歌头》，张浚为之罢席。全词如下：

长淮望断，关塞莽然平。征尘暗，霜风劲，悄边声，黯销凝。追想当年事，殆天数，非人力。洙泗上，弦歌地，亦膻腥。隔水毡乡，落日牛羊下，区脱纵横。看名王宵猎，骑火一川明。笳鼓悲鸣，遣人惊。

念腰间箭，匣中剑，空埃蠹，竟何成！时易失，心徒壮，岁将零，渺神京。干羽方怀远，静烽燧，且休兵。冠盖使，纷驰骛，若为情？闻道中原遗老，常南望、羽葆霓旌。使行人到此，忠愤气填膺，有泪如倾。

张孝祥在这首词中，通过描写边塞无人戍守、死气沉沉的景象，痛斥了南宋朝廷苟且求和、误国误民的可耻，借“中原遗老”“南望”之情，表达了抗争的主张和悲愤之情。当时张浚奉命出师北伐，却大败于符离，南宋朝廷投降派再次抬头，与金议和。张浚上书反对却被驳回，张孝祥即席赋词，张浚听后，亦是激愤难当，遂“罢席而入”（事见《朝野遗记》）。

进士出身的张孝祥，当年奉派出任临江县令，一路溯江而上，在临江县境的青石镇舍舟登陆，夜宿镇外山麓的女贞庵中。

从唐朝起，寺庙庵刹大多备有洁净雅室，供远道而来的香客住宿。女客住在和尚庙里，男客在尼姑庵过夜，已不足为奇。久而久之，通衢大道附近的寺庙庵刹，大多兼具为旅客服务的功能，性质和现在风景名胜区的观光饭店差不多。

张孝祥到来的时候，正是初秋时节。晚风习习，月洒庭院，他无心睡眠，信步于花前月下，忽然听到琴音袅袅，遂循声而去。绕过假山树丛，视野逐渐开阔，看见一名女尼正在亭中焚香弹琴。张孝祥见她眉弯目秀，气质脱俗，仿佛仙女下凡，顿时心动不已，张口吟道：

误入蓬莱仙洞里，松荫禅房睹婵娟，花样年华最堪怜。瑶琴横几上，妙手拂心弦。

云锁洞房归去晚，月华冷气侵高堂，觉来犹自惜余香。有心归洛浦，无计到巫山。

这个月下抚琴的尼姑正是陈妙常，她只知道张孝祥是个名士，却没想到他竟会如此轻佻地以艳句撩人，心中很不高兴，立即边弹边唱，回了一首《杨柳词》：

清净堂前不卷帘，景幽然。湖花野草漫连天，莫胡言。

独坐黄昏谁是伴，一炉烟。闲来月下理琴弦，小神仙。

张孝祥碰了一个软钉子，不好再强求，又想到这里是自己即将上任的地方，往后传出去岂不是贻笑大方？于是匆忙离开，第二天一早就前往县城上任，将此事抛之脑后。张孝祥后来忙于公务，可每到夜深人静，总会不自觉地想起当晚月下弹琴的那位曼妙女尼。

有一天，张孝祥的好友潘必正来临江县拜访他，故人相见，把臂言欢，张孝祥就将前些日子遇到妙龄女尼的事情告诉了潘必正。潘必正听得心旌摇曳，决心一访。就这样，潘必正也住进了女贞庵中。

潘必正比张孝祥要持重得多，他找了个机会，一本正经地问陈妙常："人言非经大难，不入空门，姑娘才貌过人，到底是因何事才看破红尘？"陈妙常答道："人思病时，尘心自减；人想死时，道念自生。皈依佛门，乃获永生，又何必一定要经过大难呢？"就这样两人有了交集，但表面上仍然各自矜持，守着规矩。

本来，潘必正赶考落第，无颜见家中父老，打算暂时寄宿于外，温习功课，再考功名，未曾将男女之事放在心上。但缘分来时，什么也挡不住。在一个朗朗月夜，正在温书的潘必正为一阵轻慢的琴声所引。他循声而去，看见了正在月下抚琴的陈妙常。那一曲琴音和那月下曼妙的身影挑逗起了他的情丝。

陈妙常并非自愿入空门，更不愿削发为尼，整日静坐在庵堂诵经礼佛，白白辜负锦绣华年。她的内心凄凉且伤痛，表面上的淡泊掩饰不了内心的激情澎湃。因此，她的琴声中隐含着对有情人的渴望。

有一次，潘必正无意间看到了陈妙常夹在经卷中的艳词：

松舍青灯闪闪，云堂钟鼓沉沉。黄昏独自展孤衾，欲睡先愁不稳。

一念静中思动，遍身欲火难禁。强将津唾咽凡心，怎奈凡心转盛。

潘必正眼前出现了一幅青灯照影、佳人反侧的香艳画面，顿时心猿意马，情难自禁，也填了一首词：

玉貌何傅粉，仙花岂类几品，终朝只去恋黄芽，不顾花前月下。

冠上星移北斗，案头经诵南华，未知何日到仙家，曾许彩鸾同跨。

写完之后，潘必正将这首词夹在经卷中，并将经卷给了陈妙常。陈妙常的感情防御线顿时让这首词给冲出了一个巨大的缺口，潘必正一举攻占了她的城堡。从此，女贞庵成了巫山阳台，禅房成了云雨桃源，他们二人温柔缠绵，难解难分。

几度春风过后，陈妙常已是珠胎暗结。有一日，潘必正见陈妙常愁容满面，珠泪盈眶，而她的桌上正是一首墨迹未干的《临江仙》：

眉似云开初月，纤纤一搦腰肢。与君相识未多时，不知因个甚，裙带短些儿。

茶饭不思常是病，终朝如醉如痴。此情尤恐外人疑。特将心腹事，报与粉郎知。

潘必正看完，大惊失色，当天便赶往临江县城，准备到药铺配一副堕胎药，先解决目前的麻烦再说。但是转念一想，又觉得堕胎太过残忍，而且并非长久之计，若想长相厮守，还得找一个一劳永逸的办法。于是，他前去找老友张孝祥商量。

张孝祥听完，沉思了一会儿，说道："此事不难料理，你可以去县衙，就说你与陈妙常自幼指腹为婚，后因战乱离散，如今幸得重逢，诉请完婚，我自有处置办法。"

潘必正大喜过望，连忙赶回女贞庵，向陈妙常说了这件事。经过一夜的深思熟虑，陈妙常终于下定决心，第二天硬着头皮随潘必正来到县衙，呈上状纸，惴惴不安地跪在堂下，等候发落。只听堂上之人厉声喝道："卷帘抬头！"

衙役们连忙卷起帘幕，潘必正与陈妙常也缓缓地抬起头来，原来，堂上所坐县令正是张孝祥。潘必正疑惑不解，陈妙常则百感交集。又听张孝祥说道：“你曾说：‘清净堂前不卷帘’，如今却为何事告到官里？”

潘必正已猜到几分，陈妙常却吓得魂不附体，担心他因为当初之事趁机报复，故意为难。谁知，张孝祥有意成人之美，看完状纸，又问了一遍原委，执笔判道：

> 道可道，名可名；空即是色，色即是空。清者浊之源，守不住炼药丹炉；动者静之机，熬不过凡情欲火。大都未撞着知音，多半属前生注定。抛弃了布袍草履，再穿上翠袖罗裳；收拾起纸帐梅花，准备着罗帏绣幔。无缘处青蒲黄庭消白日，有情时洞房花烛照乾坤。

就这样，张孝祥法外施仁，成全了一对有情人。有人戏作一诗以记此事：

> 短发蓬松绿未匀，袈裟脱却着红裙。
> 于今嫁与潘郎去，省得僧敲月下门。

当然，这个好结局也成就了京剧名段《思凡》。

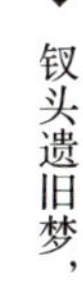

“小尼姑年方二八，正青春被师傅削去了头发”，在电影《霸王别姬》中，张国荣饰演的程蝶衣总是受罚，就是因为一次次唱错后面那句“我本是女娇娘，又不是男儿郎”，留给观众无限痛惜，也不免让人想起那位在青灯下动了凡心、辗转反侧的妙龄女子。她站在时光杳渺处，酝酿出一场奋不顾身的爱情，写下至情至性的词篇，飘散着醉人的芬芳。

携手终非易，何妨百日唤真真：李紫竹

大观中，有紫竹者，工词，善于调谑，恒谓天下无其偶。一日，手李后主集，其父玄伯问曰：“后主词中，何处最佳？”答曰：“‘问君能有几多愁，恰似一江春水向东流’耳。”玄伯默然。尝游于野，有秀才方乔，乐至人也，一与紫竹遇，欲睹其状更不可见，昼夜思之。面貌恍惚，中心拂郁。

——冯梦龙《情史类略》

李紫竹，北宋大观年间山西宁化人，著名诗人李元白之女。她应当是那种精灵古怪、美貌如仙的女子，聪明过人，诙谐机灵，且善于写词。

这样的佳人，让许多男子都魂牵梦绕，其中就有那个喜欢云游四海的四川秀才方乔。

一日，方乔游历到宁化，进城门时正好与一位妙龄女子擦肩而过，短短一瞬间，方乔就被眼前的女子夺去了心魄。他失魂落魄地找到住处，得知这正是自己早有倾慕之心的李紫竹时，便害起了单相思。一连好几日，茶不思饭不想，方乔终于病倒了。病中他作了一首《寄情》诗：

眉如远岫首如螓，但得相思不得亲。

若使画工无软障，何妨百日唤真真。

也许是方乔的真心感动了上苍，一个认识李紫竹的热心老妇人便将他的情书捎给了李紫竹。李紫竹读罢，为方乔的才学与痴情所感动。于是，第二天她就去看望了方乔。他们就这样开始交往，为此，方乔写了一首《玉楼春》词：

绿阴扑地莺声近，柳絮如绵烟草衬。双鬟玉面碧窗人，一纸银钩青鸟信。

佳期远卜清秋夜，梧树梢头明月挂。天公若解此情深，今岁何须三月夏。

李紫竹也回了他一首《卜算子》：

绣阁锁重门，携手终非易。墙外凭他花影摇，那得疑郎至。

合眼想郎君，别久难相似。昨夜如何绣枕边，梦见分明是。

他们经常私下约会。有一次，两人约好了见面时间，李紫竹早早地就到了。可是，等了好久都不见方乔的影子。她焦急地在花径上走来走去，以至于鞋底都沾染了青苔的颜色。后来看见有陌生人走过来，李紫竹才满怀惆怅地回去了。为此，她满是恼恨地写了一首《踏莎行·约方乔不至》:

醉柳迷莺，懒风熨草。约郎暂会闲门道。粉墙阴下待郎来，藓痕印得鞋痕小。

花日移阴，帘香失袅。望郎不到心如捣。避人愁入倚屏山，断魂还向墙阴绕。

而方乔赴约来晚了，不见李紫竹，还以为是李紫竹没来，于是在那里傻傻地等啊等，一直等到了晚上，才郁郁而回。第二天见面，方乔责怪李紫竹误了佳期，李紫竹便作了一首《菩萨蛮》:

约郎共会西厢下，娇羞竟负从前话。不道一睽违，佳期难再期。

郎君知我愧，故把书相诋。寄语不须慌，见时须打郎。

方乔于是也作了一首《菩萨蛮》和道：

秋风只疑同衾枕，春归依旧成孤寝。爽约不思量，翻言要打郎。

鸳鸯如共耍，玉手何辞打。若再负佳期，还应我打伊。

于是，李紫竹便把昨天的事情说给方乔听，还把自己写的《踏莎行》给他看。方乔看了，这才意识到自己犯了错。误会解除后，方乔为自己的迟到道歉，并和了一首《踏莎行》来表明他对李紫竹的爱意和盟誓：

笔锐金针，墨浓螺黛。盟言写就囊儿袋。玉屏一缕兽炉烟，兰房深处深深拜。

芳意无穷，花笺难载。帘前细祝风吹带。两情愿得似堤边，一江绿水年年在。

在古代，这样的浪漫故事往往会以悲剧结尾。但是，所幸李紫竹的父亲不是拘泥于礼法的老古板，他很欣赏方乔，大力支持他们的婚事，让这一对有情人终成眷属。

此外，李紫竹还写有很多词，如另一首《菩萨蛮》：

与郎眷恋何时了，爱郎不异珍和宝。一定百金偿，算来何用郎。

戏郎郎莫恨，珍宝何须论。若要买郎心，凭他万万金。

如《生查子》：

晨莺不住啼，故唤愁人起。无力晓妆慵，闲弄荷钱水。

欲呼女伴来，斗草花阴里。娇极不成狂，更向屏山倚。

爱是一朵盛开在凡尘里的花。繁华一世，如梦如醉，李紫竹渴望的不过是愿得一心人，白首不相离。世间多少情花未及盛开便已凋谢，幸好，她的花开了，开在她的春夏秋冬里，也开在他的日日夜夜里，那样绚烂，那样夺目。相濡以沫，生死白头，为彼此奉献所有而无怨无悔。一对璧人，终成佳话，真叫人羡慕不已。

破鉴徐郎何在，相见无由：徐君宝妻

徐君宝妻是南宋末年的才女，至今我们只能知道她是岳州（今湖南岳阳）人，知道她的丈夫叫徐君宝，而她自己的姓名却无人知晓。是的，她不曾留下姓名，却留下了一首绝命词《满庭芳》。这首词印证着她的身世之悲、家国之恨，感人至深，一直为后世传诵，经久不衰。

常听说国难见忠臣，一个个光辉灿烂的名字如屈原、文天祥，总能与此扣题。但是，柔弱的徐君宝妻其实也在这个令人敬仰的队伍里，只可惜她没有留下自己的姓名。

明朝陶宗仪《辍耕录》里记载了她的经历："岳州徐君宝妻某氏，亦同时被掳来杭，居韩蕲王府（韩世忠旧宅）。自岳至杭，相从数千里，其主者数欲犯之，而终以巧计脱。盖某氏有令（美）姿，主者弗忍杀之也。一日，主者怒甚，将即强焉。因告曰：'俟妾祭谢先夫，然后乃为君妇不迟也。君奚用怒哉！'主者喜诺。即严妆焚香，再拜默祝，南向饮泣，题《满庭芳》词一阕于壁上，已，投大池中以死。”

这段记载颇具故事性。由此可知，徐君宝妻的老家在岳州，她不幸地生活在南宋末年那个战乱的年代，亲身经历了国家灭亡的惨痛过程。

无疑她是美丽的，无疑她还是个才女。

南宋恭帝元年（1275年）四月，元将阿里海涯攻入湖南岳州。徐君宝妻被掠，第二年二月，整个湖南沦陷。接着，南宋都城临安失守，南宋被强大的蒙古帝国所灭，那是一场残酷的战争。当时情景之惨烈是不可想象的。生灵涂炭，民不聊生。战争带来的绝不仅是河山破碎，还有每天都在上演的妻离子散、家破人亡。

兵荒马乱之中，岳州人徐君宝不知所踪，或许早就死于敌手。徐君宝妻被押解到杭州，关押在南宋初年抗金名将韩世忠的故居。徐君宝妻貌美多才，从被俘开始，元兵的主帅就对她的美貌垂涎欲滴。在数千里的押解途中，元兵主帅有好几次想侮辱她，都被她用巧计解脱，保住了清白。漫漫数千里的路程，她每次的脱身都是非常不易的。

然而覆巢之下，岂有完卵？在国破家亡、身陷敌手的情况下，一个手无寸铁的弱女子又能挺多久？

终于有一天，这个元军主帅按捺不住了，恼羞成怒的他，欲

施强暴。

此时的徐君宝妻知道再也躲不过了，于是她横下一条心，决定一死以保清白。她镇静自如地对这个元军主帅说：“将军且慢，请你先答应小女子一个要求，我再依从于你。”

主帅很不耐烦地说：“有什么要求，快快说吧，别误了我的好事。”

徐君宝妻说：“等我先祭奠一下死去的丈夫，然后再依从你也不迟啊，你何必动怒呢？”

主帅信以为真，转怒为喜，答应了她的要求。

于是，徐君宝妻进屋换了一身素白干净的衣裳，好好地把自己梳妆打扮了一番，她要以一个美好的形象离开世间。

然后，她焚香，面向故土，泪如雨下，默默祈祷：“徐郎，你或许已不在人世了，我的悲伤早已经是眼泪无法表达的了。请你慢走，等我一下，我要来见你了，我们又会在一起，我们将永不再分离。想当年，我与夫君举案齐眉，相敬如宾，柔情似水，那是一段多么让人留恋的生活啊。江南富庶，家家绿窗朱户，好一派繁华。上上下下只知享乐，却不料，旦夕风云将变。一朝元兵大举南下，长驱直入，舞榭歌台，尽被雨打风吹去。花容变色，日月无光。风雨飘摇之中，江山易主。我自被元将掳去，每日里饮泣暗悲，我早想一死，奈何又盼望着与你团圆，若是一死，便是与徐郎相见无期，此恨绵绵，何以克当？奈何今日，逼迫甚急，我已无法再保全清白，除非一死！请你相信，便是刀横颈上，我志不渝，夫君啊，留一首《满庭芳》，那是我用满腔的血泪写成的，从此以后，只能是我的魂魄回江南了……”

然后，徐君宝妻拿来笔，用泪水和着墨水，在一面墙壁上挥毫写下了这首千古流传的绝命词《满庭芳》：

汉上繁华，江南人物，尚遗宣政风流。绿窗朱户，十里烂银钩。一旦刀兵齐举，旌旗拥、百万貔貅。长驱入，歌台舞榭，风卷落花愁。

清平三百载，典章文物，扫地俱休。幸此身未北，犹客南州。破鉴徐郎何在？空惆怅、相见无由。从今后，梦魂千里，夜夜岳阳楼。

写完后，徐君宝妻不言不语，趁人不备，纵身一跃，跳进了屋后的池塘深水之中。

元军主帅顿时傻了眼，他做梦都没想到她竟然会赴死。他愣怔了好一会儿，等回过神来，一切已经来不及了。

徐君宝妻在生命的最后时刻写下了这首《满庭芳》。作为一首绝命词，词人没有花多少笔墨在诉说自己的遭遇上，而是重点写了亡国之悲，先是追忆昔日繁华，后问“徐郎何在”，最终以死明志，表达了宁死不屈的伟大气节。

这首用血泪染成的词篇，层次分明，情真意切，开篇先铺陈南宋都会之繁华、人才之辈出，国力看似富厚健强；但当敌人长驱南下时，南宋王朝竟如被风吹卷的落花般软弱，无力抵抗元军的进犯，实在令人慨恨不已。然后再说自己的遭遇，叹息丈夫不知下落，在死前不能再见一面。她知道自己已不能活着返回故里，只希望死后魂魄能够回到那个恋念着的地方。

短短一阕词中，女词人不仅寄寓了自身身世之苦，表达了对丈夫的思念，还能从时代背景出发，写国破家亡、山河破碎、绚烂文化之凋零。其词境雄浑开阔，比之李易安，有过之而无不及。因此，历代词评者都对其给予了很高的评价，刘永济在《唐五代两宋词简析》中的评价就很中肯："读其'此身未北，犹客南州'与'梦魂千里，夜夜岳阳楼'之句，知其有'生为南宋人、死为南宋鬼'之意。惜但传其词而逸其名胜，只憾百年后无从得知此爱国女子之生平也。"

品读《满庭芳》，不仅词中的意境令人动容，词背后的故事更让我们感到深深的惋惜和哀痛。徐君宝妻，一个几乎快要被人们遗忘的女词人，或者不如说原本就没有多少人知道她。除了李清照、朱淑真、张玉娘、吴淑姬等，宋代有太多女词人，只留下了为数不多的几篇词作，关于她们的生平，文献记载也只有寥寥数语。像戴复古妻、徐君宝妻这样没有留下自己名字，只以丈夫姓名称呼的才女还有很多，如陈彦章妻、丁渥妻、郭晖妻、花仲胤妻、刘鼎臣妻、士人妻等。在中国古代文学史的漫漫长河中，女子是被遗忘、被忽略的一群，她们的姓名和传说往往出现在男性的名字后面，成为一种附属品。对她们的评价解释权，也常常掌握在男权手里。我想做的就是把她们从蒙尘的故纸堆里翻找出来，令她们重新焕发出属于自己的独特光芒。

徐君宝妻身上承担的，不仅仅是寂寞，更是伤痛，是失去丈夫后孤苦无依、情无所托之痛，是面对国仇家恨却无法手刃仇人之痛，是眼见民族危亡却无可奈何之痛。她留下的只有这一首绝命词，却又不单单是一首词。宋代理学要求女子守节，可她守住的，不仅仅是一个女子对丈夫之小节，更是身为一个人的大义，是对国家民族之大节。这难道不令那些道貌岸然、媚敌偷生的大丈夫感到羞愧吗？

此生终了，有憾却无悔，因徐郎始终在她心上，而她知道，自己也早已镌刻进了他的灵魂。未能携手到白头，便到黄泉相逢吧。行到寂寞桥头，她或许就能望见那个梦中的身影，轻唤一声：徐郎，我来也。这，便是她最好的归宿。

削发为尼，自古佳人多命薄：琴操

“江南江北闲为客，潮去潮来老却人”，繁华的钱塘江畔，有一个如诗般美妙的名字，留下了一段如诗般美妙的传说。她就是琴操，名字取自蔡邕所著《琴操》，不过这是她的艺名。她本生于官宦之家，从小锦衣玉食，十三岁时突遭变故，沦落为钱塘歌妓。琴操不但美貌聪慧，琴棋书画样样精通，而且冰清玉洁，坚持卖艺不卖身，很快就红遍全城。原本，她该像大多数风尘女子一样，度过飘零寂寞的一生，最终孤独老死。然而，命运偏要在十六岁那年让她遇见了那个改变她一生的男人，他就是大名鼎鼎的苏东坡。

初遇那天是初春，风和日丽，水光潋滟，西湖正处在最好的时节，琴操也是。琴操在湖边散步，忽闻有人在唱秦观的《满庭芳》词，原词为：

山抹微云，天连衰草，画角声断谯门。暂停征棹，聊共引离尊。多少蓬莱旧事，空回首、烟霭纷纷。斜阳外，寒鸦万点，流水绕孤村。

销魂、当此际，香囊暗解，罗带轻分，谩赢得、青楼薄幸名存。此去何时见也，襟袖上、空惹啼痕。伤情处，高城望断，灯火已黄昏。

可能是记错了，这个人把“画角声断谯门”唱成了“画角声断斜阳”。琴操便对他说：“你唱错了，是谯门，而不是斜阳。”那个人抬头一看是个女子，便冷笑道：“你说我唱错了，那你能不能把它改成阳韵的呢？”琴操听了，立即答应下来，不消片刻，便将“人”字韵的《满庭芳》改成了“阳”字韵：

山抹微云，天连衰草，画角声断斜阳。暂停征辔，聊共引离觞。多少蓬莱旧侣，频回首、烟霭茫茫。孤村里，寒鸦万点，流水绕低墙。

魂伤当此际，轻分罗带，暗解香囊。谩赢得青楼，薄幸名狂。此去何时见也，襟袖上、空有余香。伤心处，长城望断，灯火已昏黄。

琴操能在片刻之间改定此词，并且不损原词之意，其才思之

敏捷，实在令人叹服！很快，这件事就被当时的杭州知府苏轼知道了，他读了琴操的词，十分赞赏。于是，苏轼便邀请琴操赴宴。

琴操早就仰慕苏轼的才名，见面之后，两人弹琴说画，吟诗作词，更觉苏轼不负风流才子之名。后来，琴操就常常出入苏轼的官邸，有时与他品琴论诗，有时与他泛舟西湖，不知不觉间，琴操的一颗芳心完全系在了苏轼身上。但是，苏轼对琴操的一片痴情视若无睹。他欣赏琴操的才华，这与男女之情无关。他不能给她幸福，不能给她承诺，唯一能做的，就是帮她脱离乐籍，落籍杭州。

聪慧如琴操，很快就察觉到苏轼对她并无男女之情，伤心之余，也无意在这纷乱的俗世漂泊。于是，她带着“妾有意，郎无情”的无奈与凄凉，在玲珑山出家为尼，从此再没有见过苏轼。后来的琴操守着寂寞度日，寂寞的吞噬，相思的煎熬，时时刻刻摧残着这个柔弱多情的女子，琴操终于在郁郁中香消玉殒，时年二十四岁。

那时的苏轼早已离开杭州，历经宦海浮沉，在各地辗转为官。听说了琴操之死，苏轼老泪纵横，写下一首《薄命佳人》：

双颊凝酥发抹漆，眼光入帘珠的皪。
故将白练作仙衣，不许红膏污天质。
吴音娇软带儿痴，无限闲愁总未知。
自古佳人多命薄，闭门春尽杨花落。

苏轼对琴操无男欢女爱，却另有着一份欣赏和怜惜。在他的心目中，她是误入人间的仙子，蕙质兰心，冰雪聪明，不该被凡尘俗世所污。琴操早早离世，或许是天妒红颜，又或许这就是她最好的结局——质本洁来还洁去。有的人活一世，是为了走过曲曲折折，尝遍酸甜苦辣，也有的人，生如昙花，倾尽全部力气，只为瞬间芳华。

谈不上辜负，更没有爱恨，苏轼与琴操之间，有的只是一场于大千世界里难得的相知相遇，一声淹没在玲珑山下晨钟暮鼓里的唏嘘叹惋。红尘滚滚，沧海桑田，往事俱化作云烟，她盛开又凋零，她住过的地方却因此成了永恒。

九百多年后，也就是民国时期，有三个年轻人同游玲珑山，缅怀琴操。他们分别是潘光旦、林语堂、郁达夫。三个才子翻遍临安县志，都找不到关于琴操的记载，绝代佳人已然被历史遗忘。而琴操墓也只剩下一片荒土，一块粗碑，上面刻着“琴操墓”三个大字了。气不过的郁达夫在玲珑山的琴操墓前写下四行诗以示抗议：“山既玲珑水亦清，东坡曾此访云英。如何八卷临安志，不记琴操一段情。”林语堂拿出一本《野叟曝言》，说：“潘光旦研究冯小青，我喜爱李香君！达夫和琴操也算得是同乡，琴操墓的修整就理应郁兄来操办了。”但这件事后来也不了了之，实在是可惜。

好事多磨，消尽寒冰落尽梅：谭意歌

谭意歌小名英奴，南宋人，出身寒微，为樵夫之女。这个可怜的穷苦人家的女儿，父母早亡，孤身流落到潭州（今湖南长沙），被一个姓张的篾匠收养。本以为可以不再漂泊受苦，谁料，十岁那年，她又被狠心的篾匠卖到了青楼。自此，每日在鸨母的管制下学习琴棋书画、诗词对论和迎来送往之道，到十八岁成年之时，一出道就成了潭州城里的头牌。

有一次，潭州官僚们带着歌舞伎一起游岳麓山，谭意歌也在随行之列。大家都知道意歌善作诗，就让她面对此山此景吟诗一首。于是，在望山亭，意歌吟了一首诗：

真仙去后已千载，此构危亭四望赊。

灵迹几迷三岛路，凭高空想五云车。

清猿啸月千岩晓，古木吟风一径斜。

鹤驾何时还古里，江城应少旧人家。

众人听后大为赞赏，纷纷叹道：“意歌简直就是一诗妖也。”

“会作诗的妖精”是个极高的评价。妖精是什么？妖精不是人，却能蛊惑人，迷得人神魂颠倒。只有美艳绝伦的女人才能被称为妖精，而会作诗的妖精，自然是美艳又有才气的。难怪会得到那么多文人才子的倾慕！

在那些文人才子中，有一个叫张正字的人，时任潭州茶官，与谭意歌一见钟情，两人在一起生活了两年。之后，张正字因为官职调动，要去其他地方做官。当时，意歌已经怀了张正字的骨肉，但因为出身卑微，她不敢奢求能被张家人接受，只能忍着悲痛放他走。

张正字走后，三年间与意歌不通音讯，而意歌独自一人，怀着满满的相思和张正字的骨肉艰难度日。在无尽的寂寞之中，意歌写下了这首《长相思令》：

旧燕初归，梨花满院，迤逦天气融和。新晴巷陌，是处轻车骏马，禊饮笙歌。旧赏人非，对佳时、一向乐少愁多。远意沉沉，幽闺独自颦蛾。

正消黯，无言自感，凭高远意，空寄烟波。从来美事，因甚天教，两处多磨。开怀强笑，向新来、宽却衣罗。似恁他、人怪憔悴，甘心总为伊呵！

这首词描写细腻，情景交融，情绪层层递进。从思春写到怀人，道出离愁，最终着眼于自身的凄凉处境：“开怀强笑，向新来、宽却衣罗”，强颜欢笑服侍新来的客人，内心充满了挣扎与无奈，这是风尘女子才能体会到的屈辱与悲哀。尽管如此，她依然没有放弃追求真爱，高声疾呼：“似恁他、人怪憔悴，甘心总为伊呵！”如此这般人憔悴，都是心甘情愿地为了张正字啊！

如果没有最后一句，那么这首词只是相思泣诉之作，而谭意歌大胆发出的爱情宣言，直白而炽烈，为这首词平添了一份傲骨。她不甘沉沦，渴望幸福，正如一朵出淤泥而不染的莲花，向往着属于她的清波。

而此时的张正字，已经在家人的逼迫下娶了一个孙姓的小姐为妻了。一切残酷得不能再残酷。

然而让人欣慰的是，谭意歌最终有一个美好的结局，与有情人张正字终成眷属。原来，张正字结婚三年后，妻子孙氏就因病去世，他又回到潭州找谭意歌。虽然谭意歌此刻已有些心灰意冷，但为了能让年幼的孩子享受父亲之爱，便原谅了他。

从此，好梦成真，他们于岁月流光里长相厮守，于纷繁人世中紧紧相拥。谭意歌的勇敢和命运的侥幸，终究换给她一生的幸福美满。

坚贞风尘女，别有倾城第一花：严蕊

严蕊是南宋孝宗时人，原姓周，字幼芳，籍贯浙江台州，出身于书香门第，后家境败落，沦为官妓，改艺名为严蕊。擅长诗词书画、丝竹管弦，学识通晓古今，所作诗词往往清新脱俗，闻名遐迩，常有人为了一睹风采，不远千里而来。她的故事最早见于洪迈的《夷坚志》和周密的《齐东野语》，但据周密说他所记载的是从故事发生地了解到的，故更为真实详尽。这里主要根据《齐东野语》来说一下严蕊的经历。

严蕊本是官妓，色艺冠绝一时，名气很大。当时的台州太守唐仲友，文雅俊秀，善于诗词，常召她来陪宴。春天，杨柳依依，桃花满枝，蜂蝶飞舞，唐仲友在花园里设下酒宴，邀请当地的文人墨客前往欣赏桃花，插柳闹春，严蕊也在受邀之列。席上，唐仲友要求宾客以“桃柳相依”为题，每人写一首诗词。他自己首先挥笔写出一曲《清平乐》：

红豆酿酒，桃柳怎执手？仙邀月友伊消愁，冷冷清清幽幽。

借问此去蓬莱，青鸟当空飞悠。桃叶题尽春秋，寒露折尽苦柳。

唐仲友是进士出身，文采自不在话下，这首词笔意潇洒，意境空邈，颇有仙风道骨之姿。此词一出，来宾玩味一番后齐齐拍手叫绝，都觉得开头已是如此精彩，后面应无人能出其右。不料严蕊落落大方地走到唐仲友身边，一边吟唱，一边提笔，缓缓和了一首《清平乐》：

临风把酒，桃柳可执手。邀来云仙与月友，春风吹拂牵手。

借问此去蓬莱，青鸟为我导游。柳叶流露衷肠，桃剑铭刻思愁。

一首词作罢，艳惊四座，在场所有人齐声喝彩。唐仲友也赞赏不已，严蕊果然名不虚传，此词不但意境开阔，情思放达，而且正对唐仲友的品位。当时桃树上桃花很多，红白相间，甚是美丽，于是，他又命严蕊作一首咏桃花的词。严蕊看了一眼艳艳争春的桃花，当即吟诵了一首《如梦令》：

道是梨花不是，道是杏花不是。白白与红红，别是东风情味。曾记，曾记，人在武陵微醉。

这首词初读浅白易懂，朴质无华，细品一下，却能体会到文字背后的双关之意，绝非浅俗之作。所谓“道是梨花不是，道是杏花不是”，明写桃花，其实道的是自己，将自己沦落风尘、整日赔笑的满腔酸楚不着行迹融化于词句之中，确实妙不可言。唐太守在赞叹之下，赏给严蕊缣两匹。这首词不仅成了严蕊的成名作，也成了她日后身陷囹圄的“铁证”。

南宋淳熙九年（1182年），唐仲友为严蕊、王惠等四人落籍。同年，浙东常平使朱熹巡行台州，因唐仲友的永康学派反对朱熹的理学，朱熹连上六疏弹劾唐仲友，其中第三、第四状论及唐仲友与严蕊的风化之罪，下令抓捕严蕊，施以鞭笞之行，逼其招供。

朱熹想治唐仲友的罪，于是就从“男女关系、作风问题”上下手。严蕊平日里在乐营教习歌舞，身为官妓，必须无条件地应承官差，随叫随到。但是，宋朝规定：官府有酒席可召歌妓承应，但歌妓只能站着歌唱送酒，不许私侍寝席。也就是说官妓不得向官员提供性服务。冯梦龙的《情史》中记载：“（宋）熙宁中，祖无择知杭州，坐与官妓薛希涛通，为王安石所执。”也就是说宋朝时有个叫祖无择的出任杭州地方官，因为与官妓薛希涛

同寝而被王安石查办。由此看来，这种问题在当时还是非常严重的。唐仲友虽然与严蕊相熟，经常在酒宴中找严蕊作陪，极尽眷顾之意。但因为官箴拘束，并不敢胡为。

朱熹先拿了严蕊下狱，对她说："妇女柔脆，吃不得刑拷，不论有无，自然招承。"其逻辑就是严蕊一个娇怯怯的歌妓，受不了酷刑，稍稍吓唬一下自然全招。如此，他便能轻而易举地得到扳倒唐仲友的证据了。但是，他错了，错得离谱！他没想到严蕊是一个坚贞不屈的女子，任凭你百般痛打，绝不无中生有，为了脱离苦海而编造自己与唐仲友的男女关系。严蕊被关押了两个多月，期间遭受了各种折磨，险些香消玉殒。堂堂大学者以如此残酷的手段来对付一个弱女子，实在是有损风雅，非君子所为。

朱熹从严蕊口中没有得到自己想要的证据，就以"蛊惑上官"的罪名将她发配到绍兴。绍兴太守曾受过朱熹的教育，思想迂腐，见了严蕊就说："从来有色者，必然无德。"在他看来，漂亮的女子就一定不正经。于是，他变本加厉地对严蕊实施酷刑。但是，严蕊仍然咬紧牙关，坚决不招。看守严蕊的衙役于心不忍，劝她招认，严蕊却说："天下事，真则是真，假则是假，岂可自惜微躯，信口妄言，以污士大夫！今日宁可置我死地，要我诬人，断然不成！"

这样一番话，掷地有声，展现出了严蕊坚贞不屈、刚正高洁的品性，这与道貌岸然的朱熹形成了鲜明的对比，让许多读圣贤书的男子都自愧不如。

后来，朱熹改官，离开了台州，前来接任的官员是岳飞的第三子岳霖。岳霖不愧是忠良之后，一上任就为严蕊平反。当时的严蕊已经被折磨得不成人样，犹如一朵在寒风中瑟瑟发抖的娇花。岳霖看着跪在堂前的严蕊，温声问道：“久闻你善作诗词，不知现在还能作词否？”

严蕊百感交集，拢了拢破烂的囚衣，费了好大的力气，才勉强站直了身，奋笔疾书，《卜算子》一气呵成：

不是爱风尘，似被前缘误。花落花开自有时，总赖东君主。

去也终须去，住也如何住？若得山花插满头，莫问奴归处。

严蕊在这首词里面表露了自己的心志。词的上阕是向人们申诉自己无罪，词的下阕表明自己对自由和幸福的渴望。误入风尘，并非自甘堕落，皆是命运安排，身不由己。花开花落，身世沉浮，她却仍然希望有人能够拯救她，一个“赖”字委婉地表达了求助之意。如有一日脱离苦海，在山野田间自由生活，不要问我何处是归宿。她不求富贵，不贪幸福，所求不过是自由二字，哪怕当个山野村妇也是好的。严蕊身为一介弱质女流，却有着铮铮铁骨，字里行间透着殷切渴望，却又不卑不亢，不得不令人心生敬佩。岳霖听完严蕊的这首词，感动不已，将她从官妓的名册

上除名，判她从良。

严蕊身为一名官妓，爱憎分明，敢作敢当，真可谓女中豪杰。而朱熹为了官场斗争，连累无辜，实在是有失风骨，甚至可以说是卑劣。历史上不乏像严蕊这样沦落风尘却心志高洁的女子，她们用自己的行动向世人证明，一个人的高低贵贱，不在于出身，而取决于内心，取决于直面人生的勇气和反抗不公的胆识。

因为严蕊宁死不屈诬好人，受到人们的普遍尊敬。《二刻拍案惊奇》说严蕊出狱后，仍到伎馆卖艺，受到世人热情追捧，“千斤市聘，争来求讨”者不计其数。严蕊都拒绝了。直到后来有一赵宋宗室近属子弟，因妻子身亡，悲伤过度，百事俱废。严蕊感念他情深不渝，便嫁给了他。虽然他碍于严蕊原来的身份，没有以正妻的身份迎娶，但之后也没再娶别的女人。严蕊也算是“立了妇名，享用到底”，有了一个完美圆满的结局。

花落花开自有时，其中苦乐花自知。污泥虽浊清莲在，风雪凛冽傲梅花。苦痛临身仍不惧，欢喜苦悲人不同。

梦回宋词时代，只见你手持玉笛轻奏。严蕊，你在烟雨迷蒙的湖畔，撑着一把油纸伞，凝眸远眺。忽而，你笑靥轻展，迷雾散开，尘埃尽去，尘世的一切在你眼里都变了透明。韶华的长河间，案几上的笔墨已糊而不清，你仍是那一个风情万种的女人，仿佛是一只飞过沧海的铁翅蝴蝶，在那个瑶台银阙里素衣清颜地舞尽无数曲水袖。

枕泪帘雨，隔个窗儿滴到明：聂胜琼

聂胜琼是宋代的官妓，生平经历和生卒年代都不详，而她能在青史留名，仅仅是因为一首词，一段情。

一个偶然的机会，她结识了一个小官李之问。李之问是吏部属官，在长安（今陕西西安）城里任职，任期到了，就到汴梁去跑关系，想谋取一个好职位。

李之问到了汴梁，能做的也无非是请客吃饭、送礼送文之类。那时候“无妓不成席”，请客吃饭，上点档次的，都要有名妓来陪酒献艺，出席的人才觉得受到了重视。于是，聂胜琼和李之问就这样在宴席上相见了。

聂胜琼天生丽质，聪颖灵慧，擅歌舞，精诗词，李之问一见倾心，连跑官的事情也给抛在脑后了，每日里只跟聂胜琼厮混。李之问仪表堂堂，文采出众，家世不凡，聂胜琼也早就芳心暗许。

在都城待了不短的一段时间，两人是难舍难分。眼看回家的日子就要到了，聂胜琼就在莲花楼为李之问设宴饯别。两人互诉衷情，各自落泪。聂胜琼使出浑身解数，载歌载舞，为李之问唱了一曲词，末句为："无计留春住，奈何无计随君去。"

凄楚的歌声听得李之问心生悲悯，于是，他留了下来，又与聂胜琼柔情蜜意地整天腻在一起。这样过了一个来月，李之问家里的妻子反复来信督促他回家，他才恋恋不舍地离开了。

李之问走后几天，聂胜琼日夜相思，不能成寐，便将千种风情、万种相思打并为一首小词，鱼雁传书，将它寄给心上人：

玉惨花愁出凤城，莲花楼下柳青青。

尊前一唱阳关曲，别个人人第五程。

寻好梦，梦难成，况谁知我此时情？

枕前泪共阶前雨，隔个窗儿滴到明。

——《鹧鸪天》

这首词从送别的情形说起。上片写景，暗合了王维的诗《送元二使安西》："渭城朝雨浥轻尘，客舍青青柳色新。劝君更尽一杯酒，西出阳关无故人。"词意相近，又化用了其中的《阳关曲》。古人以王维诗为歌词，谱写成表达离情别绪的歌曲，称为《阳关曲》或《渭城曲》《阳关三叠》，在唐代广为流传。在聂胜琼的时代，《阳关曲》曲谱已经失传，但名声仍然不减。

词人借玉之惨、花之愁，表现内心的离别之苦，也是“以我观物，则物皆着我之色彩”的写法。凤城是指京都。“莲花楼下柳青青”，莲花楼是聂胜琼设宴送别李之问的地方。楼下柳色青青，酒杯前唱完一首阳关曲就要分离了，此去路途遥远，实在是不忍分离。“人人”是指“人儿”，“第五程”言路程之远。

下片写别后凄伤，侧重写“情”。词人知道别后再见很难，便希望能在梦里与心上人重聚。但令人悲哀的是，思念太浓竟无从成梦！“况谁知我此时情”一句，道出了独自一人在雨夜伤怀的凄清与痛苦。“枕前泪共阶前雨，隔个窗儿滴到明”两句中“阶前雨”与“枕前泪”互相衬托，从有声的雨反衬无言的泪，雨下一夜，泪流一夜，只能抱枕挨到天明。画面动人而意境凄清，形象地将词人与心上人离别后的心情和盘托出，凄美哀婉！

她的相思无人可诉，只有藏在心底，一个人默默承受。她的悲凉，她在人前的强颜欢笑，无人能懂。每到夜晚拥被倚枕，听着窗外的冷雨，数着离人的路程，不知不觉，腮边枕上都会湿透，这样的愁苦从黑夜到清晨，无法止息。

相爱的心总是相通的，归途中的李之问收到这首词，内心自然也是一般的悲凉，一般的无奈，一般的凄楚。但是，李之问是个懦弱之人，纵然心上放不下，手中也是拿不起的。他此刻在心中暗暗打算着两人的未来，但他打算的最好未来，不过就是杨柳再青时，去京师与她重逢。就这样，春去春来，年复一年，花开花又落，直至各自老去，直至白首不再相见。就这样，一生如流水落花春去也，两下里天上人间，一切收结。这是多么无奈的事，这是多么可惜的事。但有时，这就是现实，不可更改的现实。

因怕被妻子瞧见，李之问特地将小小的信笺藏在行囊之内。不曾想回到家中，还是被替他整理行箧的妻子发现了，李之问只得将实情和盘托出。李之问的正妻是个知书达理的女子。那时候女子所谓的知书达理，知的是《女诫》《女论语》这些书，达的是“三从四德”这些理，作为一个被“女德”压制的可怜女性，她不光要强压下自己的嫉妒，还要用自己的嫁妆帮丈夫把聂胜琼娶回家。只有这样做，她才符合“女德”的规范，才是一个被人们称颂的“贤妻良母”。

当然，这种结局对于聂胜琼来说，已是一种造化了。宋时的官妓得以从良成为士人的小妾，已是相当美满的归宿了。